裸原

阿信诗选（1988—2021）
THE NAKED IAND

阿信　著

山西出版传媒集团　北岳文艺出版社

图书在版编目(CIP)数据

裸原 / 阿信著 . —太原：北岳文艺出版社，2021.10
ISBN 978-7-5378-6463-3

Ⅰ．①裸… Ⅱ．①阿… Ⅲ．①诗集—中国—当代
Ⅳ．① I227

中国版本图书馆 CIP 数据核字（2021）第 208826 号

裸原

阿信 / 著

//

出品人
郭文礼

选题策划
刘卫红
李向丽

责任编辑
李向丽

书籍设计
张永文

印装监制
郭 勇

出版发行：山西出版传媒集团・北岳文艺出版社
地址：山西省太原市并州南路 57 号　邮编：030012
电话：0351-5628696（发行部）　0351-5628688（总编室）
传真：0351-5628680
经销商：新华书店
印刷装订：山西人民印刷有限责任公司
开本：787mm×1092mm　1/32
字数：207 千字
印张：8.5
版次：2021 年 10 月第 1 版
印次：2021 年 10 月山西第 1 次印刷
书号：ISBN 978-7-5378-6463-3
定价：62.00 元

本书版权为本社独家所有，未经本社同意不得转载、摘编或复制

目录

第一辑 | 雪是宇宙的修辞

002　雪山谣
003　黎明
004　土门关之忆
005　雪
006　冬日，在佐盖曼玛荒甸驱车行进
007　冬牧场
008　裸原
009　雪中的湖
010　湖畔
011　梦境
012　黑颈鹤
013　乌鸦和雪山
014　雪地
015　雪夜独步
016　生长草莓的山谷
017　小草
018　土门关谣曲
019　隆冬：江岔温泉印象
020　点灯
021　卸甲寺志补遗
022　大雪
023　降雪

024	新年致辞
025	安详
026	一座高原在下雪
027	风雪：美仁草原
028	弃婴
029	从省城返回黑措
030	10月26日，经腊子口，前往舟曲
031	舟曲之忆
032	冥想
033	陇南登山记
034	札记
038	十月
039	立冬日
040	兀鹫
041	暴雪
042	晨雾
043	象群北上

第二辑 | 那些年，在桑多河边

046	马
047	甲壳虫
048	安多河流考
049	秋意
050	一具雕花马鞍
051	在草原露宿一夜，我并未感觉到所谓的孤独
052	那些年，在桑多河边
053	写作的困惑

054	夏季旅行指南
	——给习习
055	草地酒店
056	河曲马场
057	现场
058	正午的寺
060	谈话
062	对视
063	日暮：在源头
064	马帮留下的灰烬
065	一只野蜂紧贴在挡风玻璃上
066	秋风辞·郎木寺
068	渐渐展开的旅途
070	玛曲的街道
072	隧道
073	十月
074	歌
075	山居
076	博峪棒槽蜂蜜
077	桑珠寺
078	扎尕那女神
079	词条：卓尼杜鹃
080	帐篷中的一夜
082	大河家令
083	下雨了
084	岩羊
085	达宗湖
086	扎尕那石城

087　折合玛

088　大金瓦寺的黄昏

089　一小片树林

090　金盏之野

091　郎木寺即兴

092　在外香寺

093　挽歌的草原

094　空气

095　老人

096　阿木去乎

097　雨水

098　扎地村

099　白马
　　　——给古马、沈苇

101　墓志铭

102　山坡上

103　新的一日

104　原野

105　草原

109　青藏高原：大风中的四个护路女工之歌

110　青稞地

111　在我居住的这座小城里

112　斯柔古城堡遗址
　　　——献给李振翼先生

第三辑 | 天地间寂寞之大美

118　蒙古马

119	在陈子昂读书台
120	蒙古之约
	——赠广子、赵卡
121	向西
133	一座长有菩提树的小院
136	新疆行
141	喀纳斯札记
144	雨从南海来
150	过剑阁
151	在川西北大草原
152	谒射洪陈伯玉墓
153	蛇葡萄
	——赠胡亮
154	兰州
156	西北
158	磁儿沟
159	北美笔记

第四辑 | 鸟鸣与落日

166	心经
167	证据
	——给李元胜
168	看见菊花
169	鸟鸣与落日
170	惊喜记
171	清明
172	在尘世

173	速度
174	一个词
175	多少静谧时刻,我
176	致友人书
177	致读者
178	鸿雁
179	独享高原
180	雨季

——给人邻

181	天色暗下来了
182	乌鸦笔记
186	在小区花园
187	狻猊帖
188	黑陶罐
189	两个人的车站
190	写信
191	日记
192	雁滩公园

——给于贵锋

193	一月
194	那一夜
195	夏天的故事
196	自行车
197	加油站
198	松木栈道
199	下雪了
200	群山
201	月亮

202	9月21日晨操于郊外见菊
203	疲倦
204	孤独
205	我始终对内心保有诗意的人充满敬意
	——读詹姆斯·赖特,并致某某
206	风吹
207	群鸦
208	三棵梨树
209	红桦树
210	杨树
211	秋天记事
212	早晨的诗节
214	一种春天
215	落日研究

第五辑 | 窗花之忆

218	老家屋顶的天空
219	星空
220	练习曲
221	窗花之忆
222	花喜鹊
223	七个夜晚
224	我们没法从一场春天的游戏中退出来
225	取水
226	入窖
227	清明,忆什川梨花
228	河滩

229	暴雨中的玉米林
230	雨
231	一枚橘子
232	记忆：落雪
234	腊月。暖
235	杏树
236	葵花劫
238	雪乡
239	黄金麦垛
240	玉米地
241	夜
242	巢
243	雨夜，惊怖之梦
244	孤儿

附录

246	我在这里写作
250	盐巴也许产自遥远的自贡
253	从"地域"认识世界

第一辑 ｜雪是宇宙的修辞

雪山谣

雪山啊
只有在仰望你时,那被沉重奶桶
压向大地的佝偻的身影
才能重新挺直

黎明

草木的灵魂,封冻在冰凌中
——如果它们有灵魂。

几乎是透明的。
神意的鞭痕纤毫毕现。

那轻触过脸颊的羊的嘴唇呢?
那嘴唇沾满汁液的绿马的鼻息呢?

星星
一颗颗熄灭。

朦胧天际
暗藏尺度——

在黎明的钝感中收割它们的记忆。

土门关之忆

风驱赶雪,羊群找不到家。
你攀在悬空的梯子上给藻井涂色,三只
首尾相衔的兔子奔逸绝尘,却
陷于循环之中。你用钴蓝
绘画天空。你的家人,沿着陡峭河谷
往屋顶背冰。
谁的嘴唇在吹雪?
你深中铅毒,体内堆积植物和矿石粉末。
谁撤去木梯,往你眼瞳里倾倒蓝色焰火?

雪

静听世界的雪,它来自我们
无法测度的苍穹。天色转暗,一行诗
写到一半;牧羊人和他的羊群
正从山坡走下,穿过棘丛、湿地,暴露在
一片乱石滩上。雪是宇宙的修辞,我们
在其间寻找路径回家,山野蒙受恩宠。
在开阔的河滩上,石头和羊
都在缓缓移动,或者说只有上帝视角
才能看清楚这一切。
牧羊人,一个黑色、突兀的词,
镶嵌在苍茫风雪之中。

冬日,在佐盖曼玛荒甸驱车行进

薄雪如锡纸,远山如睡佛。
羊和马,人与车,在太阳下面,
飘浮如芥子。

我们在荒野的行进会留下怎样的痕迹?
我们写下的诗句,会有人在深夜披读?
我们在冰河边遇见的老者,怀中真有金钥匙?
——他是途中仅见的身着氆氇的牧羊人。

在高原驱车,我时常陷入存在之思。
又很快被自然吸引,并为之深深震撼!

冬牧场

在最冷酷的季节。牦牛
用惯于卷食干草的唇舌,互相撕扯。
那带着血粒儿的皮毛是和着冰碴
从同伴身上生生撕下
——这血食啊!

雪墙那边,牧人默默地看着这一切。
在如此艰难的夜里,
念诵嘛呢的声音,从低沉
渐至响亮,从一顶毡帐
漫延至整个冬牧场。

人们
饮下苦酒、熬着、克制着……
在最冷酷的季节,
地球转动。它并未调速,但我觉得
它转动缓慢,几乎停滞。

裸原

一股强大的风刮过裸原。
大河驮载浮冰,滞缓流动。

骑着马,
和贡布、丹增兄弟,沿高高的河岸行进
我们的睫毛和髭须上结着冰花。

谁在前途?谁在等我们,熬好了黑茶?
谁把我们拖进一张画布?

黑马涂炭,红马披霞,栗色夹杂着雪花。
我们的皮袍兜满风,腰带束紧。

人和马不出声,顶着风,在僵硬的裸原行进。

谁在前途等我们,熬好了黑茶?
谁带来亡者口信,把我们拖入命运,
与大河逆行?

雪中的湖

雪中的湖
几个黑点(牦牛?),缓缓向边缘移动。

雪中的湖,被遗忘的上师,独自
冥想、静修,体验着瑜伽。

雪中的湖,地衣在暗处滋生;猫科
动物在月夜逡巡……

雪中的湖:遥不可及,高不可攀,冷艳神秘
不可近亵。

雪中的湖,二十座雪山
供养着它。

雪中的湖,
通过一条暗河,源源向你输送。

湖畔

琴师桑其格死后的两个星期,尕海湖结冰了。
入夜,一场雪从玛曲卷过;沿湖一带的牧场
黑土被深埋,露出枯干的草茎。
早起的人,远远看见
他的女人在凿冰,高举木勺
猛击狗棒鱼的头。
湖畔小学的校工,小有名气的三弦琴师,我们
在操场边合影。远处,一个藏族男孩
在草丛中捡球;更远处的湖面,几只
黑颈鹤起落。
又一个冬季,我途经这里。
一大群牦牛踩着冻土,在黄昏的
逆光里疾行,像赶往
某个落日下的集市?
湖面发出可怕的声响,似有什么东西
由远至近,从湖底,使劲向冰面撞击。

梦境

那雪下得正紧,山脊在视域里
缓慢消失。五只岩石一样的兀鹫在那里蹲伏,
黑褐色的兀鹫,五个黑喇嘛。
我从梦里惊醒,流星满天飞逝,像经历了
一遍轮回:一件黄铜带扣,拭去浑身锈迹。
那雪下得正紧,转瞬弥合天地——
梵音般的建筑,雕塑一样升起。

黑颈鹤

在湖水中央,黑颈鹤飞起来,拍打着水面。
千山暮雪只在垂顾之中。
天际空茫。被羽翅划过的,又被水光修复。
那掠过浮云,掠过湖边枯草、野花的鸣唳
掠过我:那短暂的灵的颤栗。

乌鸦和雪山

一只乌鸦背向我,面对雪山。
——黑乌鸦,纯然的黑,铸铁一样
  不含杂质。

一册雪山的巨著向它打开——
小沙弥深陷日课之中。负责解释宇宙法则
  和秩序的老祭师,铁棒一样
杵在那儿!

雪山的气息,神秘、庞大。
从我的角度,雪山更像一道巨大的秘密——
乌鸦的钤印,将其
紧紧
封住。

雪地

雪地上已有践踏的痕迹。是谁
比我更早地来到高地?比我更盲目
在一片茫茫中,把自己交给荒原
而没有准备返回的路

雪夜独步

现在只有雪粒划破空气的声音。
现在一个人面对黑暗和内心。
现在醒着,是一座孤岛。
现在写下诗歌:雪是月光和酒,而夜晚是起伏的波浪。

生长草莓的山谷

像海洋植物般柔软、湿滑、贴地,
允许我的手指在这里阅读和探寻。
在此之前,这是未经整理的荒芜山谷。

在冬天,一匹马梭巡不前,啃着谷口积雪下裸露的草茎。
充满渴意的浆果,从遮蔽处一一现身,找到春天的嘴唇。

小草

有一种独白来自遍布大地的忧伤。
只有伟大的心灵才能聆听其灼热的绝唱。
我是在一次漫游中被这生命的语言紧紧攫住。

先是风,然后是让人突感心悸
四顾茫然的歌吟:
  "荣也寂寂,
  枯也寂寂。"

土门关谣曲

有一年,梨树开花,豌豆刚刚发芽
你骑马经过。空气中你的肖像被河水揉皱、
撕成碎片。
她们在弯腰劳作,不需要知道你的名字。
黑水罐中的清水,可以取用。
她们在死者的坟头旁搁下黑水罐,
下地劳作
你骑马经过。你会爱上
她们中间的一个:
她的黑瞳仁里保留了你逆光中的肖像。

隆冬：江岔温泉印象

满山泉眼,像一个
急于表达的人,咕噜咕噜冒出的
全是热词,带着硫黄味和身体的记忆。
四周群山还在落雪。
只有一座,置于氤氲雾气之中。
一个藏族妇人,背着劈柴,行色匆匆
沿山道赶来——
似乎山体内部,有条通道,曲折幽深
尽头,一座灶台正熊熊燃烧。

点灯

星辰寂灭的高原——

一座山坳里黑魆魆的羊圈
一只泊在大河古渡口的敝旧船屋
一扇开凿在寺院背后崖壁上密修者的窗户
一顶山谷底部朝圣者的帐篷……

需要一只拈着轻烟的手,把它们
——点亮

卸甲寺志补遗

埋下马蹄铁、豹皮囊和废灯盏。
埋下旌旗、鸟骨、甲胄和一场
提前到来的雪。
那个坐领月光、伤重不愈的人,
最后时刻,密令我们把鹰召回,
赶着畜群,摸黑蹚过桑多河。

那一年,经幡树立,寺院落成。
那一年,秋日盛大,内心成灰。

大雪

看见红衣僧在凹凸不平的地球表面
裹雪独行,我内心的大雪,也落下来。
我渴望这场大雪,埋住庙宇,埋住道路,埋住四野,
埋住一头狮子,和它桀骜、高冷的心。

降雪

措美峰北麓,次仁家的牧场。
次仁的黑帐篷,向晚时分,突然降雪了。

远处的山冈如海涛般起伏。
黑压压的牦牛,聚集在帐篷外的山坡上。

雪落在牦牛背上,落在木桩、卡垫、炒面口袋、
吱吱冒热气的铜壶上。雪落在次仁家的牧场上。

这一晚,次仁和吉毛草
奇怪地梦见了

前些日子住在帐篷的那个汉地老人,以及
远在尕干果村村小上学的两个孩子。

措美峰刀锋一样的山峰
闪烁着蓝莹莹的亮光。

——咦?我们家的牧场哪里去了?!
揉着眼钻出帐篷的吉毛草,大声惊呼。

随后出来的次仁,一脸惶惑——
他们面前,茫茫一片银装世界。

新年致辞

在冰雪高原驱车夜行的朋友，
于今晨抵达色达喇荣五明佛学院。
他们用镜头拍下了
层叠而建的僧舍和山谷之上的一缕晨曦：
雪国静穆，佛土庄严，万有慈悲而安详。

他们曾邀我同行。
他们曾邀我在旧年和新年之际做一次冰车行。
他们的美意被我谢绝了。
我会独自前往，像蜜蜂返回蜂巢。
一个词，找到词窟。澄明之心
融入夕照和暮色。
在不久的将来。在确定的
殊胜的一日。

现在我只想祝福他们：心灵洁净，前途美好，
一路平安！

安详

暮秋中
唯一不被伤疼侵凌的果实,是安详。
含咀凛冽秋气,在大路拐角,
燃向荒天野地的矢车菊,是安详。
三两颗星星,飘进身后不远的夜空,
那一片鸟声洗白的草原无疑是安详。
我所熟知的古印度王子
识破命运的神秘微笑,
也是这安详。

让我在漫游中情不自禁,蓦然驻足:那棒喝万物的美中之美只能是安详。
让我放弃言辞,面对一首终极的诗歌,无法描摹的内心欣喜正是这安详。
而正受一切,俯仰无愧的生命感觉唯有这安详。

一座高原在下雪

一座高原在下雪。蓝色
月光下,一匹名叫青藏的灵兽
不断搬运、添加
把世界变成
一张极简主义者洁净的书桌。

一座高原在下雪。绿脸
上师,扑打一双赤足,吟唱那首
名曰"悲惨世界"的道歌:拄着藤杖,
走出岩穴,来到山下
一座人畜共居的村庄。

一座高原在下雪。奶桶倾覆,
藏獒的眼睛,埋藏着一座星宿海。
有人把我从昏沉的梦境中叫醒,
却没有告诉,碉房外面的山坡
一群野雉突然惊飞的原因。

一座高原在下雪。湖泊退守,
高处的鹰陷于盲目。朦胧视野中
牦牛抖动黑色披风,
渐渐隆起、逼近……
一个孩子痊愈,从漫长的热病中站起。

风雪：美仁草原

好吧，在五月
泛出地表的鹅黄我们姑且称之为春意。
迎面遇见的冷雨亦可勉强命名为雨水。
但使藏獒和健马的颈项一次次弯折
并怯于前行的冰雪呢？

我深信这苍茫视域中斑驳僵硬的荒甸，
就是传说中的"凶手之部"——美仁大草原了。

是在五月。
是在
拉寺囊欠中的佛爷都想把厚靴中的脚趾头
伸到外面活动活动的五月啊！
我深信这割面砭骨的寒意后面，
一定是准备着一场
浩大的夏日盛典——
赛钦花装饰无边的花毯，
斑鸠和雀鸟隐形，四周
散落它们的鸣叫之声。

我深信这苍茫视域中斑驳僵硬的荒甸，
就是传说中的"庇佑之所"——美仁大草原了！

弃婴

偷尝禁果的女子,慌不择路。
暗结珠胎的女子,神情恍惚。
脸色灰青的弃婴者,一念之差招致的暴雪
正在席卷买吾草原。
我是谁?
我何以洞悉并将这一切录入密档,再
深深埋入地下?
逃离时,她是受惊的豹。
返回时,她是疯癫的母兽,踉跄、奔行……
大雪掩埋草原所有的路径——
允许我,
护持这个有罪的人儿
重回当初的崖下,凹陷的石穴。
那儿:一只古老的神雕
正用巨大、褐色的羽翅
庇护着
这个著名的弃婴。
一双贝壳似的小脚丫印,至今仍嵌在
山崖赭红的岩石上。
佛传至七世。时间
过去三百余载。
我,一名老僧,充任书记,藉藉无名。

从省城返回黑措

车子一直是在疾驶,
朝向远处的落日。
高原融化在静谧的糖浆里。
我有时会问自己,
能不能放弃
这一次次不由自主的奔赴?
最近的一次,时值深冬,新雪
覆盖旧雪,树木
灵魂一样裸露。
我随一千只红嘴鸦,一千只中
有多少怀孕的红嘴鸦
融入落日的巢穴。

10月26日,经腊子口,前往舟曲

在峡谷之中。
绿色的取景框内:高大的雪松
成排向后倒去!一片雪,落在
挡风玻璃上。
车子行驶在潮湿的柏油路面上。
有一刻,我突然出神。
峡谷尽头
柿子树和枇杷木,正沿江岸交错燃烧。

舟曲之忆

枇杷树,在水边想把你的头发染绿
眼皮涂上月光萤粉,再用柏树枝叶
拨开雾气
准备好了!静候古老的精灵出场

柿子树,我喜欢!但不摘取
那一串串被冰风吹得又甜又透明的
小灯笼。就像知悉秘密却并不道破
白天的市集上我遇见;夜间
希望梦见你,抱着一罐酿好的蜜

花椒树,喜悦的花椒树,凌乱的衣裙
委弃在泥水中。你站在时间的坡道旁哭
你有理由哭。让我帮你清洗:
你的眼睛里全是悲哀的沙子

冥想

冥想有时候也可以成为一种真正的生活。
在人群中，觥筹交错之际，忽然抽身
置身荒野之中。

露水中的一只斑鸠、一匹马、一座
只为冷霜和星辰铺设的栈道、一个
日出和黎明的观察者……

我常常在河流边、炉火旁、西行列车的窗口
长坐，陷入沉思。或者面对一卷诗歌、一堆
旧档、一片星空失神。

有时像一名老僧，彻夜打坐。
身披大雪，于凌晨时分
回到自己的囊欠。

食物在肺部燃烧。
一座冥想的寺院，
在秋天的高原上，独自落成。

陇南登山记

与变动不居的人世相较,眼前的翠峰青嶂
应该算是恒常了吧?

这么多年了,一直守在那里,没有移动。
山间林木,既未见其减损,亦未见其增加。
涧水泠泠,溪流茫茫。
山道上,时见野花,偶遇山羊,面目依稀。

这一次,我在中途就放弃了。
我努力了。但认识自己的局限同样需要勇气。
我在青苔半覆的石头上坐下,向脚面撩水,
一种冷冽,来自峰顶的积雪。

札记

一　黄昏

黄昏,是避不开的。
但如此突然、继之以
风和狂雪的黄昏,
让人猝不及防。

二　乌鸦

黄金堆积树下。
光秃的枝干上,
住着乌鸦一家。湖水中的白杨树呵,
月辉之下,既清冷、又温暖,颤动着……

三　牵马经过的树林

落叶这么多。
居于高处的,在向低处偿还。
踩在上面,阵阵疼痛、破碎、尖叫。
……密如阵雨。秋天深处
有人使劲擂鼓。

四　白杨

白杨入梦。僵硬的枝条
像灰白的手指
探向水底：那里
有一座深渊般的天空。

五　鸟

由于长时间关注
窗台上，这只
可怜的鸟，
失去身子，变成一小段木头，或树根。
直到我目光的刻刀，把它重新
雕成一只鸟。
这只鸟
发出
近似木质的声音。

六　树木和人

在风中，树木和人掩面狂奔；
在雨中：树木更加挺拔、高大，而人屈身逃离。
树木和人的区别，也是人与人的。

七　刹那

蝶翅打开:一个自由、斑斓的国度。
当它合拢:一座小小的精舍,一个宇宙。

八　下山

满坡风声。满坡白色茅草
凌乱的头发
她裙裾飘飞、脸色潮润
在下山的路上,渴望
遇见一头豹子。

九　雪夜

荒郊。车子抛锚。
踩着雪,呵着热气。
多么安静啊——
突然就回到了童年
那繁星密布的天空。

十　怀念

十一月。天气回暖。但那些树叶
再也不能回到枝头。我换上的棉衣,
也不打算脱下。这些,你都知道。
你不知道

我微曲的手指，
在流动的空气中
仍在回忆
你乳房的形状。

十一　惊讶

雪创造一个新世界，就在窗外。
我惊讶地发现：那个人，正把沉重的窗帘拉开。

十月

十月霜重
一个挨家挨户分发新鲜牛奶的藏族妇女
用腰际叮当作响的银饰
把这个黎明提前唤醒了

——在她返回的路上
一只牧羊犬,代替主人
把羊群赶进结着薄冰的小河

我写下了十月的第一首小诗
并在炉盘上,替正在酣睡中的儿子
加热一壶牛奶

立冬日

雪从最高处降落。
我的爱人想在花园里清扫出一条小径,
直通地下车库,但是没有成功。
我在她准备的早餐桌上发现了甜果酱。
除了雪,和雪压折的梨树枝条,
我们没有尝试打开雨刷器,没有
长驱赶往
那个地点(我们嗅到了什么?)。
晚餐时,突然停电。我们使用了久违的
蜡烛(它藏在深屉中)
光焰,熟悉又陌生。
我们面对面
坐在一片光晕之中,用眼神交谈
很少使用话语。

兀鹫

镜头里的大鸟，传说中的猛禽。
适合远观、冥想、植入诗句，不提倡
抵近观察：影响食欲，带来噩梦和坏心情。
草原上的清道夫，自然界的超能力；
位于食物链顶端，不知天敌为何物。
无名圣徒。非凡的培训师：训练出
一代代高空滑翔师、超音速飞行员、最后的
"斩首行动"执行者。
禽类中的忍者，高处不胜寒。
时时拷问灵魂，拒绝道德绑架。
精通天象，俯察生存；
不立一派，不著一字。
神秘的死亡大师，不设疑冢。但没有一个人
可以接近它的领地，获得衣钵和传承。

暴雪

高原的中心:一座白石头宫殿。
那里一群饶舌的黑乌鸦在讨论外面的坏天气。
空气大面积塌陷。海水在大洋周边
喷吐泡沫。

林中的光线越来越昏暗。手稿散落。
木板嘎吱吱作响。
圈着大牲畜的畜棚,在不远处
轰然倒塌。

风卷起树叶、乌鸦、碎石、尖叫……
向天空的大漏斗倒灌:
一株巨型雪松
拔地而起。钢琴被一双手反复击打。

晨雾

天空正在形成,距离被一群灰鸽穿过
只是时间问题;
地平线那里不断有新东西被制造出来,
石头在晨雾中塑形。

水确实很凉。她在溪边破冰、舀水,
睫毛带霜——我想走过去,俯身
安慰她
并帮她把满满一桶冰水提回林子边的小屋中去。

象群北上

象群无声……
象群在南方峡谷的阔叶和河谷间时隐时现。
雪花以肉眼可见的速度融化。象背
湿漉漉的。
象群移动,带动一大片红土地
以及上面的甘蔗林、苞谷地……一起移动。
脱离象群的那只幼象让整个大陆都揪着心。
我在大陆北方彻夜做着准备。
雪意弥漫:北方大陆笼罩在一片庄穆之中。

第二辑 ｜那些年，在桑多河边

马

想想,一匹马

没有同伴
没经过想象,没被
加持、命名

突然闯入视野
源头一样新鲜
河流一样古老

自带体温,低头
啃食着苔藓

风之手抚过。三江源
静寂

甲壳虫

昆虫家族善于伪装的迷彩小吉普
草棵间一座失而复得的古代宫殿。当它
移动（在天空下）
是缘于我在这炎炎夏日中一个短促的梦境
还是出自一滴血液的神秘驱动？

安多河流考

舟曲把夹岸的花木介绍给我们,我们欣然认领。
碌曲把嵯峨的群峰带给我们辨认,我们惕然而心惊。
玛曲把旷野的星空交付给我们,我们竟至于无措,陷于失语。

秋意

虎的文身被深度模仿。
虎的缓慢步幅,正在丈量高原黑色国土。
虎不经意的一瞥,让深林洞穴中藏匿的
一堆白色骨殖遭遇电击。
行经之处,野菊、青冈、桤木、
红桦、三角枫……被依次点燃。
当它涉过碧溪,
柔软的腰腹,触及
微凉的水皮。
我暗感心惊,在山下
一座寺院打坐——
克制自己,止息万虑,放弃雄心
随时准备接受
那隐隐迫近的风霜。

一具雕花马鞍

黎明在铜饰的乌巴拉花瓣上凝结露水。
河水暗涨。酒精烧坏的大脑被一缕
冰凉晨风洞穿。
……雕花宛然。凹形鞍槽,光滑细腻——
那上面,蒙着一层薄薄的霜雪。
錾花技艺几已失传。
敲铜的手,
化作蓝烟。
骑手和骏马,下落不明。
草原的黎明之境:一具雕花马鞍。
一半浸入河水和泥沙;一半
辨认着我。
辨认着我,在古老的析支河边。

在草原露宿一夜,我并未感觉到所谓的孤独

白牦牛涉过雪山下
暗黑的河。

苏鲁花的茎叶一遍遍
擦拭过的黄铜茶炊。

叫起来!把肺腔积蓄的空气全部排尽。
帐篷边上,铜一样叫起来,雕塑我们的
耳朵!

大雾尽头
那条黄金牧犬,会回答你。亲爱的多多!

那些年,在桑多河边

下雪的时候,我多半
是在家中,读小说、写诗,或者
给远方回信:
　　雪,扑向灯笼,扑向窗户玻璃,
　　扑向墙角堆放的过冬的煤块。
意犹未尽,再补上一句:雪,扑向郊外
　　一座年久失修的木桥。
在我身后,炉火上的铝壶
噗噗冒着热气。

但有一次,我从镇上喝酒回来,
经过桑多河上的木桥。猛一抬头,
看见自己的家——
河滩上
一座孤零零的小屋,
正被四面八方的雪包围、扑打……

写作的困惑

鹰已经挥霍了无数墨水。
鹰还将敲碎多少块键盘?
长期的写作中,我有意地回避着它。
因为鹰,我拒绝了天空。
因为鹰,我拒绝了不少于三座的天葬台——
那些原本
可以平静死去并顺利转世的人,
不得不继续活着,而且很难
看到希望。
我感到绝望。如果
不改变初衷,将会有更多的人,
屈辱地活在世上。
而一旦放弃,就意味着
那被无数遍书写过的鹰,将被再次书写!

夏季旅行指南
——给习习

果实从内部腐烂。布鞋显然
比皮鞋舒服。出行需备雨具和遮阳用品。
山洪暴发切记往高处逃生。
带一本书,不一定要打开它。
支起帐篷,是想和一个人
整夜坐在它的外面。
看见黑暗中的红桦林,就意味着
看见了它背后的冰川,和头顶
一束束流星拖曳而过的夜空。

草地酒店

漫天雨水不能浇灭青稞地上汹涌的绿焰
亦不能制怒

乖戾厨娘,揎袖露乳,剁切一堆青椒
如某人频频现身微信平台
臧否人物抨击世风

只有檐下一众游客表情沮丧如泥
只有院中几匹马神态安详,静静伫立

河水涨至车辆却步。但对面仍有藏人
涉险牵挈马尾泅渡
何事如此惶迫,不等雨脚消停

我也有天命之忧,浩茫心事
但不影响隔着一帘银色珠玑,坐看青山如碧

河曲马场

仅仅二十年,那些
林间的马,河边的马,雨水中
脊背发光的马,与幼驹一起
在逆光中静静啮食时间的马,
三五成群,长鬃垂向暮晚和
河风的马,远雷一样
从天边滚过的马……一匹
也看不见了。
有人说,马在这个时代是彻底没用了,
连牧人都不愿再牧养它们。
而我在想:人不需要的,也许
神还需要!
在天空,在高高的云端,
我看见它们在那里。我可以
把它们
一匹匹牵出来。

现场

有一次　在雨季咆哮的白龙江边
三只红色冲锋舟系在一棵傍岸的柳树上
江水中它们互相碰撞发出哐当哐当的声音
白色尼龙绳时而像弹簧一样绷紧　时而像
抛物线一样甩开
江水浑浊　油菜鲜亮　青山夹岸
绽开的云层中射出刺目的光线
我看见三只红色冲锋舟在咆哮的江水中挣扎
冲撞　跃跃欲试　但除了我好像没有人
注意到它们
是谁把它们安排在这里又弃之不顾
视野之内　只我一人呆立峡谷之中
看三只冲锋舟互相挤撞被排浪一次次推至
岸边撞向岩石　撞向大柳树的根部……
峡谷中回荡着沉闷的呐喊　嘶吼
我隐隐有种冲动　我
克制着自己
我知道一种方法可以使它们获得解脱和自由

正午的寺

青草的气息熏人欲醉。玛曲以西
六只藏身年图乎寺壁画上的白兔
眯缝起眼睛。一小块阴影
随着赛仓喇嘛
大脑中早年留下的一点点心病
在白塔和经堂之间的空地缓缓移动

当然没有风。铜在出汗经幡扎眼
石头里一头狮子
正梦见佛在打盹鹰在睡觉
野花的香气垂向一个弯曲的午后
山坡上一匹白马的安静,与寺院金顶
构成一种让人心虚不已的角度

而拉萨还远,北京和纽约也更其遥远
触手可及的经卷、巨镬、僧舍,以及
娜夜的发辫,似乎更远——当那个
在昏暗中打坐的僧人
无意间回头看了我一眼

我总得回去。但也不是
仓皇间的逃离。当我在山下的溪水旁坐地
水漫过脚背,总觉得身体中一些很沉的

东西，已经永远地卸在了
夏日群山中的年图乎寺

谈话

在玛曲活着的那些人中间
我认识其中的一个。他经常睡不着觉
半夜爬起,看河水洗白岸边的石头

有一次,露水闪烁。
我和他坐在草地中间。他告诉我
一些奇异的事情。

他说:在我的身体里住着另一个人。
我只是他的役夫和走卒。我经常替他
做一些看上去颇为荒唐的事情。比如:

去岩石缝隙察看一条风干多年的蛇;在花朵中
辨认可使孕妇呕吐不止的药草;用羊皮纸
书写一些"年哦"体诗歌①;不定时访问附近的
几所寺院。等等。
我在上班时经常神思恍惚,梦及古代
和一只金色大鸟……

---

① 藏语"年哦"(或"宁阿")是"美妙文雅的言辞"之意。"年哦"体诗歌即格律诗体,源自古印度,有七言、九言、五言、六言、八言各体,也有十言以上到二十几言为一句,每节四句,每句字数整齐划一,无有例外。十三世纪传入藏地,与藏族固有风习融合,历七百余年,形成一种注重辞藻、雕绘、唯美的文风,与民间诗歌朴素自然的风格,形成鲜明的对比。

这个与我在草地上进行谈话的人
是我的学生。几年不见,
我感到有些恍惚,甚至怀疑那次谈话是否真实?

就像我常常怀疑:这个人
是不是真的存在,真的还生活在
玛曲的人群之中,而不是在我自己的体内?

对视

牦牛无知。

在与她长时间的对视中,
在雪线下的扎尕那,一面长满牛蒡和格桑花的草坡上,
我原本丰盈、安宁的心,突然变得凌乱、荒凉,
局促和不安。

牦牛眼眸中那一泓清澈、镇定,倒映出雪山和蓝天的
深潭,为我所不具备。

日暮:在源头

长饮河源的风
饮我脏腑,饮我黑衣,饮我黏结激荡之长发
孑立如旧时英雄
庄若日暮

此际,长饮亘古河源的风
亦饮苍茫时分
独奏于叶茎之上的一只秋虫……

马帮留下的灰烬

达日宗喀哈山口
黄昏暗红的血渍
浮在石头上
在我们之前(也许很久以前)
马帮曾经过这里
他们疲惫不堪
像一群默默潜行的野兽
马蹄在石头上碰出火星
复淹没于一片死寂
两侧的石头渐渐聚合
阴影
投在他们黑色的衣服上
投在他们走过的
和没有走过的远路上
多年后我还梦见那些狰狞的石头
低头走路
总也忘不掉谷底
那一大堆燃过的灰烬

一只野蜂紧贴在挡风玻璃上

车行了多久？我一觉醒来
发现一只野蜂紧贴在挡风玻璃上。一只
触足和绒毛粘满花粉的野蜂。

——高原上，六月的花海
　　浪峰一样起伏……

但一只野蜂是从何时何地搭乘上我们的车子
并执意前往雪线下长满怪柳的阿万仓河谷？
荒月下，冒出沙土的一个个神秘的树苑，是否
吸附着它的蜂盘？
那高海拔的方言，它熟悉吗？

这只来历不明的野蜂
它的平安，令人揪心。

秋风辞·郎木寺

一

风吹白的石头,水抱在怀里。
风吹落的红桦树叶片,山路拾起
簪在青苔冰凉的发髻。

二

半山坡上,看见
远在山下的水磨。听不见磨盘咬合摩擦的声音,
辊轴转动和水流冲激的声音。但还是能够听见
内心隐约的回声。

三

目送雁阵远去。她和他
失散在寒雾中。绕行、穿过
白塔和廊道,进入昏暗宫殿。
酥油灯下,蓦然看见:
对面的半神。

四

秋风吹。
松下,送别俗世乡亲。褐衣僧人
转身,推开黄叶和流水,推开
浓郁的秋。

渐渐展开的旅途

十年前我们同坐一辆车前往玛曲,
像一船人中的两个,像两个亲兄弟,两个
扒在舷梯边呕吐的水手:那胆汁是绿的。
厌恶像墨汁在一块手绢上扩张,同情
是美人鱼的微笑,是善意的
大海上温煦的阳光。绿波铺开
草原的背景:另一个七月的心跳和远眺。

途中我们经过一座敞开的小镇——
在那里小解、吃饭、与一个小诊所的
医生攀谈。过期的药片,发黑的纱布
坩埚中炖着
一只小羊的肋骨。但他有
需要推销的麝香和虫草:真正生活的秘藏。

一个喇嘛走出铜红的寺院。
潮湿街道上的热风:奔跑的孩子
和他乳房乱颤的母亲。必要的停顿:
在途中小镇,我们遇见
一个把羊群赶过街口的牧人,面庞带风。

更多的人开始呕吐。但车子
仍追求出发时的目标:不停地颠簸,

在颠簸中抵近——
草原持续展开,落日接近辉煌。
阿尼玛卿:骄傲的雪山引领目光向高处攀升——

那一夜我们在纷乱的梦境中度过,在彼此
兴奋而疲惫的躯体中,虚构了各自的女神。

玛曲的街道

玛曲的街道,风是一年四季的常客。
街道似乎为它们而建。
唯一的十字路口,四通八达,没有任何障碍。
风可以呼啸着来,呼啸着去,
拍遍所有沿街的门窗,掐疼每一个
匆匆出现的姑娘的脸蛋。

在玛曲,不用留意,就可以发现:
在一些店铺的门板缝隙,在一家粮站
陈旧铁栅的尖顶,甚至在那个
迎面走来的藏族男人
蓬乱卷曲的发丛中,夹着、挑着、
贴着或晃荡着一些破碎的
纸片、塑料袋、干枯的杨树叶
和令人生疑的动物的毛发——
像一艘刚刚打捞上来的沉船,
浑身挂满海底的水草——
这是风的勋章,它把它佩在
任何一个不经意的地方

在风经过的街道,沙土久久地沉醉——
岗亭、台球桌、电影院门前油漆斑驳的招牌
昏暗光线中的肉案和砧板上忽明忽灭的刀子
一具冒着热气的牛头骨……

都像悬浮其中，极不真实
你想在其中脱身、逃跑，已不可能

你来到玛曲的街道，只能随波逐流
让风裹挟着你、推搡着你、翻遍你的口袋
给你鼻子上狠狠一拳、从一个街口
把你带到另一个街口——
一座裸露的草原，或一条旱季的大河
硬朗而沉默的北国边地风光，出现在你面前

大风中晃过的那些面孔当中
没有一个是你熟悉的。他们（或她们）
都带着大风部落的徽记——
干燥的皮肤、紫红的脸膛、凹陷而
炯炯有神的眼睛，不管不顾、憨厚直爽
朴拙天真的眼神，以及
袍襟中揣着白酒，为一个远道而来的朋友
杀死豢养多年的三只白兔的举动——
都是你所不熟悉的。除了那一个
唯一的一个——趔趄着身子，顶风在街道上
奔跑，袍襟像大鸟一样腾空而起的青年——
是你眼前湿漉漉、心中潮乎乎的兄弟

你是在二十年前来到玛曲。那时
你的心中盛放着爱情——
为一只蝴蝶的宛转飞离而痛不欲生
为一些莫名其妙的想法而彻夜不眠

隧道

经过后才意识到它真实存在。
车子驶出很远,隧道
留在黑暗山腹中
独自蠕动、膨胀、生长……
像是被遗弃,不断放大我们的错误。
它吞咽暴雪,却吐出我们:向着
无遮的原野。

十月

写不写,又有什么关系?十月又回来了。
十月,在我身体的岩石上堆积许多;
十月离开我的身体还会敲着鹰的腿骨回来。

唤出草地上的斑鸠、轻霜、那匹
腹股被溅湿的骡马……流水蹀行,
十月还有什么未被记取?还有什么
不能放弃?

目送马车驶入燃烧的峡谷。
唱不唱,又有什么关系?手在风中
松开。我握不住了:
携带饱满籽实和冰凉雪粒的藏地秋风。

歌

我们一起沿山路绕行,在光盖山背阴
车胎挤压下的雪粒从一侧簌簌掉落深谷。

向阳的一面,苔藓湿滑,灰白的碎石间
清亮的水不断渗出、汇聚、流泻……

依次而降:
是黑色森林、灌木带、六月的草地。

山坡南麓:枇杷花掩映着
一座藏族村寨小小的水磨。

我们始终陪着那个失去爱女的人,
一路无话,直到他突然失声。

山居

山坡上的野栗子树,一靠近
就有果实落下。

一场大雪会完好地覆盖它们——

如果可以等到那个时候,如果
窖藏的土酿足够!

现在我们在青溪旁的场院里
簸打青稞。

博峪棒槽蜂蜜

原住民穴居之巢;精心布置的
甜蜜、黑暗婚床:
新娘越多,王的孤独就越深。

在博峪①,油松高大,百花参差,
一万个蜜蜂新娘正在上路。

黑暗宫殿里,蜂王在呕心酿制,在
木头上
刻诗:

这孤独酿制的王浆,你来尝尝?
这孤独酿制的王浆,每个人,都来尝尝!

而我希望这古木穿凿的密室,在天光下
恚然剖开。

---

① 舟曲博峪,产极品棒槽蜂蜜,系野蜂在腐朽中空松木中置巢,采山野百花,自然酿制而成。博峪先民尝试人工解剖油松,使之中空成槽型,复合如桶(棒)状,蓄蜂筑巢。今人仿古法,大量繁殖。

桑珠寺

桑珠寺供养的神,脸是黑的。
这是长年被香火和油烟浸润、熏染的结果。
崖畔的野杜鹃花瓣缀满露水。槛边
一株丁香树枝条探进雾气。
水声溅响却看不见来路。
我的司机当智,在昏暗灯前
认出表弟。那个穿袈裟的孩子
脸是黑的,鼻尖上面有一点白,但眼神清澈。
他哥俩悄声说话,我在佛堂燃香、点灯。
这里的神
脸是黑的,鼻尖上面有一点白。神的
肩头和袖间,落着几粒鸽子的粪便。
入门看见,几只灰鸽,在廊下空地
跳来跳去。鸽子的眼神,清澈无邪
与那孩子的一般无二。

扎尕那女神

万考母亲,是一位隐居乡间的
牛粪艺术家。确认这一点
在一个野菊灿烂、空气凛冽的秋晨。
牛粪在场院摊开,万考母亲,把它们
一坨坨摔粘在石砌的外墙上。
阳光刺眼,藏寨明亮。扎尕那
一幅凸浮神秘图案的墙面,正在接受
梭巡山间的雪豹和莅临秋天的诸神检阅。
万考母亲叉着腰,站在她的作品下面。
全世界的骄傲,集中在
挂满汗珠的前额上。我和万考
起早拜谒涅干达哇山神
从山道下来,远远看见大地上的作品
如此朴素、神秘。
即使自然主义艺术世界的
那些大师,也要为此深深震撼!
而我知道,万考母亲
还是一位附近牛粪的收集者。
她知道在哪里弯下腰,可以捡起
这些藏在乱石和草丛中不起眼的东西。

词条：卓尼杜鹃

杜鹃花科。高山杜鹃亚属。
生长地：甘南卓尼，光盖山脉之阴坡。
坡上雪松、苔原、砾石和冰川；
坡下砂岩、灌木、隆隆作响的峡谷。
月光舞台，听众是松鼠、蓝马鸡、雪豹……
宁静的音乐响起，内中，隐隐有一种狂欢。
信奉地方主义、原教旨主义，
拒绝异地嫁接和栽培。
不取悦人类。
性器官，只对自然界打开。
灿烂、放肆、如火如荼——
濒临窒息的美，分明是向死而生。
我不幸靠近了它们，从此
变成了一个真正意义上的花痴。

帐篷中的一夜

与一盆牛粪火靠得这么近,我想
火一旦熄灭,凉着的半边身子
就会教导热着的半边身子:
什么是冷、无爱、边缘的生活
什么是坚持的肌肉和骄傲的骨头

与一对夫妻睡得这么近,我想
他们若翻身、发出响动
醒着的耳朵,就会教导茫然的眼睛:
对夜晚来说
什么是真正的看见和知道

与一座天空贴得这么近,我想
如果星星在闪烁,那它们就是在移动、
呼吸、交谈和争吵,它们会很忙、
很乱,也会沉思和怀念
当然不会注意
躺在地上,望着它们的我

与一场霜降离得这么近,我想
霜要是落在我的鼻尖和额头上
也不会融化——就像落在
那些花草、牛羊和安静的冈子上一样

只有山脚的溪水——它太冰凉
——会把霜融化掉

大河家令

这浑黄的河水啊,似乎只能
只能用素陶来舀取!

我心凌乱。积石峡乌云翻滚。
这浑黄激越的河面,独臂撑持的羖羊皮筏
或许可以
艰难涉渡!

面对青海我悔青了肠子。
悔青了哥哥的肠子——
大河家街道上牛拉车,车拉了
铺桥的板子。

这浑黄激越悲苦的河水,吼哑了嗓门拦挡不住!
拦挡不住,只能
用手中素陶,一遍遍舀取。

下雨了

下雨了。雨水中
油菜花清新涩苦的甜味
会漫向哪条山谷?
谷中的马,滚动水珠的长鬃
会甩向哪边?
马眼中的孤寂,是偏向黑色多一点
还是偏向
蓝色多一点?

雨是箭镞。心脏是标靶。
记忆:针状弥布的
孔穴内的
黑暗。

如果
有一座内部涂满油彩的教堂
在那里升起,我相信热泪
会从我的双眼中滚滚流出。

岩羊

岩羊深入北方,在
峭壁悬崖间攀爬、跳跃;
在自己星球的表面,岩石与冰草丛中
躲避着雪豹……

达宗湖

没有人知道,
达宗湖。
没有人牵着马,
在群山之中
走三天三夜。
夜幕降临,达宗湖
几乎是透明的。
三面雪山,
整整一座天空的星星,
全倒在湖里。
它,盈而不溢。
湖边草地,
帐篷虚置,空气稀薄,花香袭人。
就这样抱膝长坐。
就这样不眠不宿。
就这样
泪流满面,发着呆,直至
天明。牵马,悄悄离开。

扎尕那石城 ①

把翅膀折断
鹰还是鹰。

鹰不能抵达的高处,
想必就是:神的领地。

秋日晴好。诸神的心情
谅必亦是——

修禊或许不宜,
指点江山正好。

神的脚下
人畜安居。

不惊不扰,几百年过去了。
不喜不悲,几百年后亦复如是。

---

① 扎尕那,藏译音,意为石匣子,位于甘肃迭部县境内。

折合玛

不要在黎明蹚过小河。或者冒冒失失
踩灭水洼中那束摇曳的马兰。

不要惊醒牧羊犬。不要试图接近
一座雨水中安静的村庄。

让天光自然呈现
劈柴和牛粪垛子高大的轮廓。

让风传送青稞的密语,和经幡
在空气中甩打的声音。

留住这寂静的时刻,在我们的心里。
留住这黎明的村庄,在纷乱的世界上。

大金瓦寺的黄昏

大金瓦寺的黄昏,光的喧闹的集市。
集市散了。然则又是
寂静的城。

——阴影铺开,
一大片民居的屋顶,波动如钟。

此际,想象我就是那个
彻夜苦修的僧人,
远离尘嚣,穿过一条藻井和壁画装饰的长廊。

我是否真的能够心如止水?
我是否真的能够心如止水?
不因檐前飘落的一匹黄叶,蓦然心动。

……但我想
我是有点痴了……终于有夜雨和犬吠。
终于有如鼓的街面,一辆马车
打身边经过。

一小片树林

一小片树林。
暮色中的,一小片杨树林。
只有朝向河水一侧的叶片还闪着光,
其余部分,渐次沉入灰暗。
我刚从那里散步回来,没走出多远
回头时,原来的路径
已经模糊。树木和树木,
紧靠在一起,没有缝隙
仿佛有更深的黑暗在那里潜伏。
夜色很快统治了这里——
黑暗中的树林,完全是一个闭合的整体
没有一丝光渗出来。它
比四周的黑夜还黑。
它让我觉得陌生,又感到惊讶,
隐约有一丝不安。
如果多给我一点时间,也许
我会等到它慢慢发光,甚至
变得透明。
也许会相反。
但我已经没有时间了。
它是我遇见的
黑暗中沉默的事物。
比沉默还沉默,比黑更黑。
一小片树林,它究竟在抵抗什么?

金盏之野

金盏之野!
秋日薄霜中籽实饱满的金盏之野!
长空雁唳下疾风吹送的金盏之野!

藏羚羊白色的臀尾始终在眼前晃动。
由晨至昏,西部的大天空偶尔也允许
一阵突兀的沙暴在其间容身。

我感到有生的幸运——为能加入
这自在从容者的行列。而座下的
越野吉普:是一只缓缓移动的甲虫。

郎木寺即兴

一脚踏两省:左边四川,右边甘肃。
寺院、沓板房、古老的水磨,甚至
乡政府:维持着复数简单的平衡。
两个裁缝,一边一个。
两个靴匠,隔河相望。
两个喇嘛,仿佛遇见轮回中
自己的前生:一阵恍惚和眩晕。
头顶的云团营垒分明。
奔腾的白龙江,有一条
隐约的中轴线。我变幻着
两种心情。
唯一不能确认的是水中的游鱼——
它自由穿越,不带一点俗念;
它把我带到云雾初生的源头,在那里
一株巨松的根,暴露着,向四下延伸。

在外香寺

只能在天边
也只能是荒僻的,拒绝着俗客

穿绛衣的僧格对我说:愿意的话,可以到里面看看
但我想:进去之后,又能看见些什么

我就一直站在风中,远远望它
外香,外香,那会是一种什么香

四周的花草我闻不见
这让我痛苦的、折磨我的,它会找见我吗

那会是什么时候,在什么地方
那会是一种怎样的解脱

挽歌的草原

挽歌的草原:一堆大石垒筑天边
一个人开门看见
——但忘记弦子和雨伞

挽歌的草原:花朵爬上山冈,风和
牧犬结伴
——但没带箱子和缀铃的铜圈

挽歌的草原:喇嘛长坐不起,白马
驮来半袋子青稞
——但一桶酥油在山坡打翻

挽歌的草原:河水发青,一堆格桑
在路旁哭昏。哑子咬破嘴唇
——但鹰还在途中

挽歌的草原:手按胸口我不想说话
也很难回头
——但远处已滚过沉闷的雷声,雨点

砸向冒烟的柏枝
和一个人脸上的
土尘

空气

水边的空气,可触摸的流动
随时填充因一束马兰的深呼吸
而留下的空隙,保证鸟鸣和鸟鸣之间
清晰而不间断的传递

也只有在这里,当心灵
像晨雾中解放出来的木石一样裸露
空气才会被我突然发现和证实:
让万物有形,具备凹陷和凸出
支持心灵的钟表,并配以一座
吐故纳新的脏腑的工厂

在这里,山谷的女性表征,让我怀疑
空气的流水形态是一种繁殖过程
它代表生,汁液,相对的自足
它不要求啜饮,但吸引着
所有欲望的嘴唇和根茎,自动趋向它

老人

在生命的纪历中,需要编织
多少条银白的发辫,才能
与岁月的褶皱中
那熔融一切不幸的慈祥和爱相称?
山坡上的羊群有福了:它们
有一位穿藏袍的老祖母。

让河水流走吧——日月转换。
那个喜欢香草的少女,那个
草地的小母亲,她们
要在你的身上,
结更成熟的果实!

初阳也有所求:它新生于
黎明天际,注定要摘取
原野露水中
那因生命的分量
而无风自摆的一枚。

哦,造物,骄傲吧
为你自己的创造!
——既然羊群还没有走远,何不从容
拾起草丛中鲜美的菌菇?
她俯下苍老的身子,在一面耀眼的山坡。

阿木去乎

必有一次,要经过那里
一个叫阿木去乎的地方。

那里的月亮被荒凉包围。
那里的鹰,一直在畜群、河流之上盘旋。
生者弯腰给帐篷钉下一根根木橛。
亡灵,如晨雾般缠绕——
　　　水磨旋转的叶轮,
　　　溪谷旁披霜的灌木丛,
　　　草地边缘,遗落的半截牛皮绳……

我无法拒绝那个叫卓玛措的女人的恳求——
她眸子里全是光;她一遍遍
摇着我的手。

在那个遥远的、叫做忧伤的地方——
我站在命运的岔路口:一阵阵恍惚,一阵阵
失神。

雨水

雨水中马头抬起像一件
真正的乐器。

邀我至花帐烘烤衣服、并馈以
奶酪和青稞酒的
河曲牧女,请
把火堆稍稍拨拢,以免
灼烧到你的长发梢或者
被幕帐一角袭来的冷风
吹散,扑灭……

银碗中的酥油茶飘着淡淡的甜香。
叮叮当当的银佩饰,谁为你打造?

我真的老了,遗忘了很多。
只记得
幕帐外雨水不息,马头抬起
像一件传世的乐器。

扎地村

在白头的雪山下找到一座野杜鹃村落。
吃着蜂蜜,在油松和豹皮的榻垫盘坐
喝了奶茶和土酿。

爬上阁楼屋顶,透过一架高倍望远镜
看见麝鹿在疏林间饮水。它
褐色脊背上的雪花图案,
在厚厚的落叶间
时隐,时现。

——喜欢这里。喜欢这
　雪山、山林的寂静。
——喜欢就留下来,不要回去了嘛!

哈哈,琼布!
这个守林人,这个憨厚又狡黠的藏人。
他站在自家的水磨旁挥手送别我们。

白马
——给古马、沈苇

于群马之中
越众而出

先是双耳,半个脑袋,一张
完整的脸……然后是
流线型的脊背、臀尾
在一片涌动的黑色脊背
和臀尾之上……最后是
颈项和腿部之间,
突前的肌肉
岩石一般滚动

美好的事物,从不
令人失望
群马之中,至少有一匹
符合我们的想象
纯正的颜色
优雅的线条
飘逸的长鬃
高贵的眼神

仿佛来自黑暗隧道
白马出现,将自己

与群马区分
它始终牵引我们的视线
带动马群
和周围的风景

上次在甘南玛曲,这次
在天山脚下
湖水闪烁,草地起伏,天空辽远
它呼应着我们体内的白马
于群马之中
越众而出

墓志铭

总会到来:让我长卧在这片青草下面,与蚁群同穴。
让风雨食尽这些文字:我曾生活过。

我与世界有过不太多的接触,近乎与世无补。
我恬退、怯懦,允容了坏人太多的恶行。
我和文字打交道,但我是一个糟糕的匠人。

我缓冲的血流,只能滋养天底下一朵柔弱的花朵。
那是我未具姓名的女儿,集美丽善良于一身,
在露水的大夜中疼醒。

总会到来:这清风吹拂的大地,
这黎明露水中隐去的星辰……

山坡上

车子经过
低头吃草的羊们
一起回头——

那仍在吃草的一只,就显得
异常孤独

新的一日

还需要一些
冰凉的露水
点燃黎明时分的草尖,并给那些
荒原上神秘的早行者,留下一串
清晰可辨的蹄踪

原野

原野是美丽的。露水
瓜分一空的钻石。
向阳山坡两个牧人背风说话。
草地腹部的野花,回答着
远处一座雪山的问讯。
整个下午,羊群似乎
未曾移动。而落日是壮观的。星星,
迟早会出现:它负责
在那个弹唱艺人的眼睛里
埋下一些异常安静的种子。

草原

一 兼答兰州友人

我爱草原,我爱这四匹
不同颜色马拉的车

四匹马:春、夏、秋、冬
我爱这四匹马,朝向
四个方向

我爱这两扇巨大滚动的轮翼:太阳
和月亮。我爱这巨大滚动的轮翼上
镶嵌沾满风雪的星辰

我爱这驭手。青铜驭手
被愿望照亮内心

我爱这一切。你看我
从从容容,把自己的骨头
搬上一挂远行的马车

我不回来。我不回来,因为
露水要打湿我被风吹散的骨头

二 黄昏

一只黄羊独对的黄昏
衰草连天
一万只黄羊奔跑的草原

石头和艾花
在空旷的月夜行走
白昼的蹄下,有人说出
它们寂寞的名字

像从一个年轻母亲的身体内部
静静浮起:河流漫过褐色高原
我们种下芳香的青稞
并靠双手,养活古老的牧业

漫长的雨季背后,阳光的刀锋
削弱雪山的高度
孤独的鹰翅下边
是我们渐渐安静的马匹

和一只黄羊面对的整个黄昏

三　玛曲

星辰居上。其下是
玛曲草原：一匹黑绸横经大地，
梦中白马鬣鬃飘飘。
星辰居上。

今夜，我独自一人穿过茫茫露水的草地。
一片冰凉的歌声：一万头黑色的牦牛
横布胸间。

今夜祖国，又大又凉。
阿尼玛卿，太高太冷。

今夜我是一个孩子要埋住哭声
要埋住：
一万只夺眶而出的羔羊
和一万只羔羊，留不住的灯火和爱情。

今夜抱住玛曲，就是抱住
三个在疼痛大风中跑散的妹妹。

四　星辰和露水

星辰和露水，打开一只
木头箱子

深藏的梦想：一座草原。
一股来自植物根部的清香
洗净泥土和天空的名字。
一个女儿：梦见嫁妆。
一个牧人：怀抱玛曲。

像是埋下了太多的歌声，
草棵间风吹雪打的牛羊
总是无言。横穿大地的河水
就是一匹忧郁的黑绸。

打开黑夜的箱子
白马更白，黑马更黑。
打开黑夜的箱子
星辰更高，玛曲更远。

青藏高原:大风中的四个护路女工之歌

在那遥远的地方——

没有央金,没有卓玛
没有草地最小的女儿
格桑。

只有四个护路女工。

四个
捂着口罩,裹着头巾
满身沙土的姐妹

站在荒凉大地的风中。

像无名的花朵。像天地间
一阵突来的疼痛。

这远天远地的消息,
将捎给谁的父兄:

在那遥远的地方。

青稞地

在那空阔之处:风
来而复去,去而复来。

在那空阔之处:
无人访问的春天,牦牛形销骨立。

在那空阔之处:
大地依旧粗糙,太阳笼罩而无形。

在那空阔之处:
我的影子落下,青稞还没有长出。

在我居住的这座小城里

在我居住的这座高原小城里,
刚刚立夏,又飘起雪花。
这很有意思不是吗?
我写下一行诗又把它从屏幕上删去。
我觉着我应该戴上围巾出门。
拎一壶酒,在暮色中
前往城郊,寻访一位久未谋面的朋友。

斯柔古城堡遗址
——献给李振翼先生

拨开草丛,
寻找那条青麻石铺就的大道。
那一度喧嚣、蒸腾尘浊、裹覆红氆氇、
迎宾舞乐的大道,充满了刺鼻的
草叶腐败的霉味。一堆受惊的
蠕虫四下爬动……
法号吹鸣。车马辚辚。昔日的盛大景象
确凿是不能与闻的了。
如此缘薄。

斜面。
台地。
一座想象中巨大光芒的门扉洞开。
——我发现了。他这样说:"一段墙基。
然后是另一段……最后,
又回到原地——完成了一个循环。"
阳光炫目……羊群四散……时间
九匹快马牵掣的马车,终于来到。

牧羊人和他的妻子,坐望在
风雨之夜的甘加草滩。与一座传说中的
古城堡,有一段宿命的距离。
现在,他躺在文化馆陈旧的木椅中

晒着迎窗射来的阳光。他患有
严重的风湿。

"这里。还有那里。"向导的声音
渐渐飘近。
我看见荒草中
一对对巨大的覆盆式柱础:
阴刻的忍冬纹,时间凝固。
寂静敞开无形的建筑:
那宴饮。帛书。青铜烛台。壁饰。
藻井。鬼面舞。佛龛。吐蕃使者。
月光的蓄水池:一面莲花铜镜。
神秘的回廊:河州女子及其一生。
格萨尔说唱艺人,坐在
一株巨柏之下。
——浮现,又若
细数家珍。
失意的牧羊人无意间跌进一座宝库。

我曾在不多的时间里翻阅典籍。
那弥漫酥油味的、漫长的
赞普时代:雪山之下,遍地城堡。
但往往不着一字——
"历史湮没了历史。"
一座寂寞无边的村落,被突然唤醒
承担了使命。斯柔:
倔强记忆的天空。

一段过往历史的见证。
唃厮啰政权最具诗意的称谓。
古丝绸之路南线著名的孔道。

三百商人,卸下盐坨、茶叶、丝绸和青瓷。
五百工匠运来了斧斤。而十万西夏
叩关的人马倏进倏退,搅起一股股
腥臊、狞厉的旋风
……太遥远了——
那狼烟。泥泞。阳光灿烂的谷地。
那琴师。剑客。流寓异地的
宋词写作者……太遥远了。

当考古者
从一堵夹棍版筑式残垣
状若牛眼的孔穴中,透视年代深处;
我则从裸露于草棵间的一根根白骨之上
听闻最初的美人幽幽的叹息。抑或是
荷戟的豹皮武士血脉吟诵的潮汐:
仿佛是如斯的叹喟——
如果有火焰,能够在时空的陶具之中
保存其记忆,那多好。
如果有生命,能够在
我们结束的地方重新开始,那多好。

我不禁恍惚。但我确信
我于这废墟之上

听闻了生命如斯的歌吟
我仿佛看见：一次不可挽回的日落。
一座昔日辉煌的城堡。
一种令人无法正视和卒读的伤痛
在荒草间
沉浮。

第三辑 ｜天地间寂寞之大美

蒙古马

我读过《蒙古秘史》,但不懂骑射。
我没有追随过哲别、木华黎、拖雷和旭烈兀,
也没到过欧洲和阿拉伯……我只在
库布齐沙漠边缘,见过几匹
供游客骑乘、拍照的蒙古马——
落日西垂,人世半凉,景区开始清场
那几匹马,神情落寞,令人悲伤!

在陈子昂读书台

从涪江江面吹过来的风,我感受到了
它吹走了我身体中一块岩石上的积雪

从山坳油菜花地折返的粉蝶,落在肩头小憩
这小小的信任,让我浑身一震,呆立原地,不敢
挪动一步

感受着这吹息。感受着
从肩头传来的神秘电流,又一次
听见岁月深处灼热而深沉的叹息

蒙古之约
　　——赠广子、赵卡

蒙古这个词,我是喜欢的。
它的发音,在唇舌之间。
它的寓意:永恒之火。

我喜欢在典籍中一次次遇见它。
想象骑一匹马,追逐水草。
梦见日出日落之间,那一片
因辽阔而略显荒凉、孤寂的高原。
我的两个兄弟就生活在那里的
蓝月之下。

我尚未动身前往。
我的马,乘着夜色
从撒马尔罕返回。
我正等着它。

既像等待命运,又像等待
神秘的、来自金帐的信使。

向西

一　向西

天空噙泪。我迎向雨水
向西，是父兄般沉默的
青海大地。

冷雾，
从车窗两侧的树木升起，
攀上紧压而来的褐色崖壁。

逆行货车：破雾而至
呼啸如一头头洪荒年代
冒烟突围的巨兽。

我默念令名。细数：
乐都、平安、互助、湟中、海晏
……驱车西行，有如

时光倒流。向西：
是父兄般沉默的青海大地，
是沉默如父兄的青海大地。

二　1357年春天

她每天清晨
都去湟水河谷背水。

经过青稞地、油菜花地；经过
1357年春天
一个"美满的"日子①。
一如经传所载。

微喘着气，这个
幸福、怀有身孕的女人，歇在
一块大青石上面。
一只黄蝶，歇在
背上盛满清水的木制水桶上面。

玉蜀黍般的前额，挂着
珊瑚般的汗珠。

她的身后：十万佛像之寺②。
面前，是莽莽苍苍的青藏。

---

① 《至尊宗喀巴大师传·第三章》（法王周加巷著，郭和卿译，青海人民出版社2004版）有"宗喀巴大师在美满的地方、时间、父母种姓中降生"的记载。
② 塔尔寺，藏传佛教格鲁派（黄教）创始人宗喀巴大师诞生地，藏语称为"兖本贤巴林"，意为"十万狮子吼佛像的弥勒寺"。

三　一个酥油花艺人与来自热贡的唐卡画大师的街边对话

每到冬天，我的十根手指
都会感到火烧似的疼痛。
我必须不断地
将它们浸在冰水之中。
只有这样
那些花朵，才有可能
在它之上浮现。

我更像一个匠人。使用很多工具：
锯子、锤子、钉子、绳索、石膏……
我会花很长时间用鹅卵石打磨一块粗布。
我使用一大堆矿物质颜料，甚至鼻血[①]。当然
冥想打坐的时间也不会少。有一些时间
要花在去山洞的路上，顺便观察
植物的形状。
我一闭上眼睛，就会看到
光芒、色彩和神迹；圣山与圣湖
存在一种神秘的透视关系。
这一切，都是在一场持续数月的热病中完成的。
我尽可能保持这种冥想和高热的状态
直到奇迹出现，一切

浮出水面。

[①] 据《大昭寺志》记载：吐蕃赞普松赞干布在一次神示后，用自己的鼻血绘制了《白拉姆》像，由文成公主亲手装帧。这就是藏民族的第一幅唐卡。

剩下的事就简单多了
徒弟和装裱匠人就可以完成啦。

四　如来八塔与十二美少女

如来八塔：
湟中塔尔寺标志性建筑。
八枚宗教的响尾蛇导弹
静静指向蓝天。

我是远道而来的俗客，专门看它
在大地上简单排列的美。
而不必知道，在一个僧人眼中
它们会有多么不同。

静静的白塔
静静的正午。如果加上
缭绕的柏烟，远处的青海湖，
我知道我已经不虚此行。

但十二美少女出现——
秋水红唇，白裙绝尘
像十二个飞天
环绕如来八塔。

——这十二个
拍片之余在此歇足的

青海艺校舞蹈大班的少女,她们
不知道

正是她们的无心,
与如来八塔庄穆的美一起
造就了一个俗人
内心最初的宗教。

五　倒淌河

翻过日月山,就到了倒淌河
公路边干燥的草滩上,冒出一汪清泉
你只能感叹奇迹的无所不在

泉水从一开始就选择了西行。从飘着
风马旗和一匹马烈火般长鬃的源头开始
一路蜿蜒,袅袅娜娜,像一个弱女子
在西部苍凉的天空下背转身子
孤孤单单地上路——

这情景让人有些不忍,就停住车子
站在路边的风中,默默地送上一程

这让我想起六世纪中叶
发生在这里的一幕:公主的车辇扬尘而去
伫立在原地一动不动的送亲队伍中
一个袍襟飘飞的长者,咳嗽连连,弯下腰去

把一把老泪抛洒在无边的荒丘枯草丛中

这个人就是在唐番关系史上,因扮演
送亲使者这一特殊角色,而名垂青史的
李唐宗室——李道宗

站在倒淌河源头,我不禁恍惚:
这个满面泪水的长者,会不会随时
从我们当中某个人的身体中站起来
如果真是那样,倒淌河
就会变成我们耳边
一声轻轻的叹息

——只能是大唐公主文成的叹息。这当然
是不可能的。也只有我,才会这样傻想

六　青海湖边

一只卓玛怀抱的褐色小羊。
十二根发辫,圈住夕光追击下的
一座乌鸦村庄——
像是西海公主明亮眼神中
一抹暗含的忧伤。

七　湖畔·黄昏

穿过油菜花地的一条沙土路把我们一直送到湖边。

清晨，不时有小鱼
跃出谧静湖面。……现在是黄昏

高原深处的风，推送
钢蓝色液体
砸向堤岸。

没有赞叹、颂祷。没有
神。

……仅余呼吸。
和这天地间寂寞之大美。

穿过油菜花地的一条沙土路把我们一直送回
星光披覆的路。

八　暮：一匹马的风景

一匹马垂首，
嗅见泥土和草根
辛凉的气息。

一匹马抬头，
看见淌银的小河
远山和雪。

它的长鬃飘向夜空，溶蚀万象的夜空。

它的骨头接触到风,那千秋的微响。

九　驱车:从黑马河到橡皮山到茶卡盐湖

我,一个原野过客
知道什么人间奥秘
世界奇迹?

我,只是看见了
这些偏僻之地
壮丽、奇幻的事物。

它们,一闪而过
在我人生中途的
车窗之外。

它们也在证明
上帝的存在。

在抵达宿营地之前,这种想法
让我
重归安静。

十　德令哈

云间
一束光

照亮
地上
一座城

盆地边缘
失眠的城

经过。逃离。直至遗忘
——曾经的建设者
掩埋伤痕

……有人写着日记。半夜坐起
隔着玻璃,歌唱
荒凉、孤寂的月亮

十一　在当金山口 ①

突然想做一回牧人
反穿皮袄,赶羊下山——

把羊群赶往甘肃。
把羊群赶过青海。
把羊群赶回新疆。

---

① 当金山位于甘肃、青海、新疆三省(区)交界处。当金山口海拔约3800米,位于祁连山与阿尔金山的结合部位。

在阿尔金山和祁连山结合部
在飞鸟不驻的当金山口
一个哈萨克牧羊人,背对着风,向我借火。

十二　敦煌集·鸣沙山

1

黄昏的沙丘起伏着。
渐行渐远的驼队起伏着。
头驼颈项下节奏徐缓而悠长的铃铛声,起伏着……

沙丘的轮廓线
有一种无法描摹的神韵,让我深深沉醉。

2

鸣沙山的落日,仿若
乌孙昆莫西行前最后的眷顾[①]。
青眼赤须的乌孙人[②],告别故土。
那一步三顾的怆恻眼神,不正是鸣沙山脊

[①] 乌孙是汉代连接东西方草原交通的最重要民族之一,其首领称为"昆莫"。公元前2世纪初叶,乌孙与大月氏均在今甘肃境内敦煌、祁连间游牧,后迁至伊犁河流域。
[②] 乌孙种属之谜,迄今无定论。唐代颜师古注《汉书·西域传》时提到"乌孙于西域诸戎,其形最异,今之胡人青眼赤须状类猕猴者,本其种也"。据此说法,乌孙人似为赤发碧眼、浅色素之欧洲人种。

云层缝隙间粘连不辍的落日吗?

何处寻觅去之已远的人喧、犬吠、马嘶和驼铃?
目睹此壮美落日的游人之中,
可有乌孙和细君的苗裔①?

3

流沙没踝。
我提着鞋袜、水、相机,随众人一起攀爬
——在光与影角力的沙梁上。

流沙漫漶攀爬者烙下的脚印;渐浓的暮色
把攀爬者的侧影,剪贴在蓝宝石的天幕上。

风吹沙响。苍白的大漠之月
如此升起——我感觉有一只白色的大鸟
正在附近振翅掠过。

4

在这旷古的黑夜里,
在这静谧、布满陈迹的古道
——我仿佛看见那个负笈西行的僧人,

---

① 刘细君(前121年—前101年),西汉刘建之女。元封六年(前105年),被汉武帝封为公主,下嫁乌孙昆莫(国王)猎骄靡,为汉代远嫁公主之第一人。

在沙丘,结跏趺坐①。
我想,我经历了他的孤独。
也经历了日出时分:在他身后的沙丘上
喷薄、涌出的辉煌和圆满。

十三　最小的飞天②

最小的飞天
理应有一颗
最小的心脏
但它
也寂寞

它的小
来自世界的大
它的寂寞,来自普遍的寂寞。

---

① 《大智度论》卷七有云:"问曰:'多有坐法,佛何以故唯用结跏趺坐?'答曰:'诸坐法中,结跏趺坐,最安稳不疲极,此是坐禅人坐法,摄此手足,心亦不散。又于一切四种身仪中最安稳,此是禅坐,取道法坐,魔王见之,其心忧怖。'"又,《阿毗达摩大毗婆沙论》卷三十九云:"问:'诸威仪中皆得修善,何故但说结跏趺坐?'答:'此是贤圣常威仪故,谓过去未来过克伽沙数量诸佛及佛弟子,皆住此威仪而入定故,复次如是威严顺善品故,谓若行住身速疲劳,若倚卧时便增昏睡,唯结跏(趺)坐无斯过失。'"
② 敦煌千佛洞编号二百七十三窟壁画中,有一身长仅五公分的飞天,是目前发现的最小的飞天。

一座长有菩提树的小院 ①

一

凉爽。至少在这座游客如云的寺院的七月
它的凉爽是不容置疑的。

二

它拥有
一个相对僻静的坐标,
一个廊柱和壁画间轻轻打鼾的喇嘛,
一个角落里浮现的神,
和四株菩提。

三

移动的仅仅是
一些从树冠上筛落下来的
阳光的金箔。

而我是安静的。
殿堂深处,一排酥油灯细小燃烧的火苗
是安静的。

---

① 塔尔寺有一散花殿,内植四株菩提树,每年春天开花,落英缤纷。菩提又名旃檀,俗称丁香。

移动的仅仅是
时间水洼中几只奋勇泅渡的蚂蚁。

四

世界太热
一个骑象而来的王子在河边小便、裸袒、不吃不喝。
他的身边:四株菩提。

五

如果把它从寺院中移开,栽种到
我所熟悉的一处场景(兰州某高校的操场边)
那它就是
四株丁香。

四株与月光合谋
暴露一截恋爱中的女子冰凉手臂的丁香。

六

这个小院没有记忆的青石台阶
或许留有对一个诗人的淡淡怀念——
他清癯、苍白,低声吟哦:
 "旃檀树不朽的十万叶片

有十万佛的鼾息吗?"①

七

我该走了。但把睡意留下
在梦中它会长成另外的一株:上面坐满
赤足散花的仙子。

---

① 引自昌耀诗作《古本尖乔——鲁沙尔镇的民间节日》。

新疆行

一 玉

中青班同学阿米娜,临行前
送我一块玉

——不是街头随便买的那种
是真正的……

真正的玉,应该来自和阗
但那该有多远……

北京初冬的早晨,银杏叶
飘落满地

她的指尖冰凉。但递过来的玉
却是温的

——送给你的妻子
愿她……如玉……温婉

唉,用手捂住脸的阿米娜
转身跑开的阿米娜

她来自
遥远新疆

二　吐鲁番

空气燃烧，火焰凝固。
晾房中一串串鲜嫩的葡萄，有望成为
岁月之下的又一堆干尸。

——距阿斯塔那古墓区不远。

风搬不动的高昌古城，残垣断壁之上
中亚的太阳已缓缓沉没。一弯西域的新月，
正在徐徐攀升。

三　达坂城远眺

歌声停歇的地方，黑戈壁。
戈壁边缘，狂奔的风、砂砾……

要么
继续谛听。要么，
扳断马头
一个人
跑到帕米尔高原的深处——

一个人
怀着哭泣的心情。

四　天池

雪线下冷杉肃立,湖泊矜持——
仿佛期待一个诗人
充满激情的朗诵。

衣襟翻飞,贯注当代大风
——需要这样一个诗人
站在瑶池边上,忘情朗诵!

五　果子沟

沟里的野果树
结着野果果

错过开花的季节,也就不能
再做一只忙碌而幸福的蜜蜂
坡上坡下,沟里沟外
一树树粉白的苹果花
朴素得让人迷恋
凄美得让人伤感

沟口小镇,我买到一小罐蜂蜜和半筐野果
蜂蜜甜,野果酸。回首一望

满坡的野果树,已经枝叶凋残

六　伊犁河谷的白杨

伊犁河谷的白杨,与其他地方的白杨
似乎没什么区别——

鸟儿飞来又飞去,枝叶支撑着
令它着迷的光线。

浓荫下面
白色毛驴拉着车。车上坐着
同样甜蜜的瓜果,
同样幸福的新娘。

它的躯干如银柱。
它的根须
深入泥土。

但它坠入水中的叶片,
却被滔滔西行的伊犁河
带到了遥远的异域——

呵,今夜,
中亚大湖——巴尔喀什湖如镜的水面
在谁的梦中,静静浮现。

七　惠远·钟鼓楼

西陲。手扶一棵古榆树虬张的枯枝
倚望更遥远的西陲……

隐约有鼙鼓声。可听见那人的心跳。
1882年秋冬，伊犁九城，尘头大动——
细看却是
一队胡商
傍黑入城。

听见楼下叫卖薰衣草。

将军府一带，夜市的灯火
已然亮起。
我忽然想起千里之外的妻儿，此刻
该是枕被入眠，梦及月光
和遥远边关。

喀纳斯札记

一

落叶松从山坡退下,通过
一根蓬松的枝条,传递紫尾巴松鼠
和蓝色露水纯净的问询——给一个
晨起在河边
练习呼麦的图瓦少年。

二

植物绿色的茎管里,一万头湖怪
在喷水。蓝玻璃一样孤寂、透明的
水晶深处,雪山的女儿
在那里梳头。

三

我愿意在午间,得到群山之巅的小憩。
小憩之际,听见紫铃兰在微风中拂动。
一朵越界的云,带来俄罗斯晴朗的
气息。我愿意在这里
卸下旅尘,得到安宁。哪怕仅仅
只逗留片刻。

四

白哈巴。边境宁静的村落。
堆放木料和干草的院子里,一辆
红色摩托车的后货架上,拴着一匹黑马。
马背上的鞍鞯,还没卸下。
我没看见它的主人,
所以,我不知道它来自何方?
稍后,又会带着它的主人,去往哪里?

五

骑马少年名叫牟通,来自内地。
当他和三个白哈巴村的图瓦少年
策马驰过白哈巴河上的木桥,消失在
视野尽头——一排排松木房子后面的
黑色松林。我突然感到
某种失落:他会不会
就此离开,像所有说走就走的儿子那样。

六

白桦树,喀纳斯河边沉吟未决的男子,
月光下,布满远方和忧伤。
现在是午后,麻鸭和紫翅椋鸟在栖息。
白桦树沉浸于殿宇般清凉的想象中,
鸽哨一样低回、难忘。

而禾木的白桦树,在激越奔腾的
河水面前,另有一种
置身事外的优雅和冷峻。

雨从南海来

一　雨

雨从南海来,
岛屿首当其冲。

披头散发的椰树跑在所有植物前面,
晃荡的椰子果,丛林中野性的乳房
接受枝状闪电致命的舌吻。

雨的帷幕垂下。岩礁的肌肉绷紧
黝黑,闪光,战栗着
切入动荡不息的大海。

雨的声音盖过海的粗重喘息。

二　在大海边

日落之前,
我一直坐在礁石之上。
墨绿的海水一波波涌起,扑向沙滩、岸礁,
一刻也不曾停息。
椰风和潮汐的声音,栖满双耳。
想起雪落高原风过

松林马匹奔向
荒凉山冈……我闭上了眼睛。
那曾经历的生，不乏奇迹，但远未至
壮阔；必将到来的，充满神秘
却也不会令我产生恐惧、惊怖。
日落之际的大海，
突然之间，变得瑰丽无匹。
随后到来的暮色，又会深深地
掩埋好这一切。
我于此际起身，离开。我的内心
有一种难得的宁静。

三　信

在海南陵水的这几日，我没有
想起你。你和你妹妹在一起，
在兴隆山滑雪营地。

一下午，我在植物园
认识了可可、无花果、见血封喉……
那只叶片一样紧贴树干的昆虫：龙眼鸡。

又一个下午，和臧棣、西娃
登上南湾猴岛。看见猴子在水里游泳，
西娃忍不住惊叫："哎呀！"

吃着海鲜。喝了

不多点酒。
海风真好。

我们熟悉的番茄、黄瓜、尖椒和空心菜,
在陵水设施农业基地的大棚里,以一种
不可思议的速度在生长。

我没有想起你。没顾上细察
贝壳、螺蛳和停靠在海湾里的船。
日子犹如鞋袜,塞满细沙,又近乎虚度。

第三日,分界洲岛,遇雨。
半山亭中,与元胜、潘维分吃完一只椰子。
晚上睡眠充分,几乎没有做梦。

我发现:我们之间
除了爱、怨恨,
似乎还有友谊,短时间的分开和忘却。

当我在满屋月光和椰树婆娑的影子中醒来,
我突然意识到,我比任何时候
都需要你。

四　植物园记事

在兴隆热带植物园,我发现
诗可以这样写,也可以那样写

上帝是默许的——
可可的果实,被淘气的孩子
随手粘贴在粗糙的树干上;龙眼鸡的固执
简直不可思议:它拒绝荔枝和梧桐,拒绝
除龙眼树之外所有的枝条。
同行的诗人兼生态摄影师李元胜说:
"惊喜已经太多,足够了。
我们都是大自然的蒙恩者!"
而我的想法是:哪有个够啊!
怎么能拒绝杨桃家族可怕的生殖力
和千层蕉从高空累累垂向大地的谦逊和敬意?

五　潭门手册
　　——给古马

来吧,在这里,飞雪和蛱蝶的异乡
构筑如云船屋

在明快的风中畅饮
看捕鲸船驶出避风港。从底舱
扯出一挂挂新鞭

在这里建立一种新秩序
语言的群岛,内心深处的钟

砗磲回归大海
牡蛎新鲜出炉,菜蔬

自带咸味

移植北方的暴雪在入海的长堤上
在飞溅的鱼群身下

六　陵水提蒙大营坡村古树颂

庞大而静默的岁月……古树的根系
血脉一样深入地表,触手一样
探向八荒。
古树盘曲、虬结的枝干,绘制
一幅幅不规则的夏夜星图:
尚在变化之中,蕴含无限可能。
古树鲜嫩、油亮的叶片啊,你是
旺盛生命力和强大生殖力的象征!

在你的荫庇下:植物繁茂,果实累累,子嗣绵延。
在你的荫庇下:不止有人类劳作,且有人类载歌载舞!

七　夜曲:在高岭

夏夜,群蝉在树巅鸣叫
清露顺芭蕉叶片滴落

月光的味道,椰汁的味道
蔗糖和巨石罅隙间弥漫的
药草的味道……多么熟悉

远岸的潮汐,呼应着睡眠
糖坊村,老杨村,排埇村……
我曾在潮湿的村道出现过

比现在更年轻,爱美
爱真理。有一年,我沿水流平走出
提蒙的大山

这仅属于高岭的气息,这
温柔夜曲,水田间的蛙鸣
……我还会回来

过剑阁

用一整天时间
于峡谷与细雨中穿行。
借助锈蚀的铁索,在谜一样的
鸟道绝壁攀爬。

我,一只褐色大蜘蛛,吸附在
《全唐诗》陡立的书脊处:
七十二峰,峰峰都在
鸟瞰之中。

此际,如果
与进退维谷的钟会,
至暗时刻的明皇,
一路恓惶的杜甫,
细雨骑驴的陆游……狭路相逢,我
该如何与他们交换
彼此对人生的看法?

走蜀道,即置之死地。
过剑阁,无异绝处逢生。

在川西北大草原

在川西北大草原
事情往往比想象简单

在马背上,说着不着边际的话
夜色中看你被篝火映红的脸

醉意朦胧中,把一首歌唱到天亮
帐篷外,牛群披霜
羊群混迹草原,形同不见

河风吹乱了你的发
你说,早茶过后
将随雁群南下,回雅安的家

我装作看河曲日出
它是如此壮观
令人迷恋,但又无法把它挽留

谒射洪陈伯玉墓

哑巴病殁,墓园空寂
这双重的缄默和封印其间的秘密,无人勘破。

青苔没过石阶,竹叶无风而落。
葎草和藤三七,攀附在苍翠的柏枝上。
蛇葡萄的果实:一道紫色剑芒,遗落在
荒草腐叶间。

时间的坡岸上,我真切感受到
阵阵眩晕——
隐隐的逼视,来自身后无人看守的陵园
更来自面前,箭矢般疾逝而过的江水。

蛇葡萄
——赠胡亮

蛇葡萄,紫色的剑芒:
低处和暗中发出嘘声的风,自谁的膝盖碰落?

我从水路来。有人
在江岸清点欲望,并透过叶簇间的缝隙,
向这边窥视。

这边?疾逝的江水还是
倾斜的星辰?

我在水上漂泊的岁月正好是你
怀抱青木瓜静静长大的时间。
梓江江面,究竟
飘落过多少雨?

一场场雨中,你膝盖开花,手指冒烟。
一场场雨中,你紫色的葡萄:悬垂。见证了
多少在者和逝者?

在岁月的一路追杀中,我
放弃了质问,弃舟登岸;
以青苔和竹叶的霉斑为园圃,侍弄药草
为代代秋风疗伤。

兰州

黄河边上,低矮的棚屋,入住了最初的居民:
筏子客、篾匠、西域胡商、东土僧道……之后是不绝的流民和兵痞。

羊皮筏子从很远的上游运来一座白塔,安置于北岸荒山之巅;
羊皮筏子从很远的下游运来一尊接引铜佛,安置于南岸兰山。

奇迹接连发生:有人在上游开窟造像,有人在下游设立王廷,
有人在不上不下的地方,打下第一根木桩,建起一座浮桥。

黜陟使返乡那天,一道黄沙,从金城出发,吹送至咸阳老家。
青白石老实巴交的农夫,在粟麻地里收获了意外的白兰瓜。

有人贪贿,有人通敌,有人贩卖浆水和灰豆。来自靖远的师傅
发明了一种把面团拉扯成细丝的手艺:传男不传女。

清真寺蓝色的穹顶上,升起一弯新月。
兰山根龟裂的滩涂边,出现一架水车。

安宁种桃,雁滩植柳,十里店空旷的沙地
一群穿破旧棉袍的人,从马车上卸下一座学校。

民国政府要员,屁股冒烟,丢下三房姨太太
和半箱购自敦煌的经卷。大胡子王震手提一根马鞭。

西固的炼油厂烟柱冲天,东岗的乱坟滩
建起楼房。高音喇叭架在皋兰山顶上。

1982年,我坐着公社的拖拉机,去师大上学。途径西站
看见三毛厂女工一身蓝布工装,手端搪瓷脸盆,排队进入澡堂。

文学青年追随长粉刺的唐欣。无知少女成日
与穿喇叭裤的铁院子弟厮混。我拿到文凭,乘一辆解放牌汽车离开。

在偏远的甘南草原,我日日听见兰州在成长:河面铺满大桥,
楼房越盖越高,新鲜事每天都有,朋友们已成了人物。

而我正一天天变老:分不清街道的方向,找不见一个熟人。
那天醉酒,一个人转至铁桥边,看着缓缓流淌的浑浊的河水

突然明白:我所热爱的兰州,其实只是
一座鱼龙混杂的旱地码头,几具皮筏,三五朋友,一种古旧的情怀。

西北

在我们西北,有帝师、长老、魔法大仙、种桃子的人。
有一天,他们也要老去。胡子越长越长,天塌下来,他们也顾不上。

在我们西北,认识一个人。某某,或某某,有名有姓,
有据可考:他来自大槐树下,与你的祖上,三代姻亲。

在我们西北,雪片大如席,人情大如天。一声老乡,盘腿上炕。
八百里秦川,比不上董子塬一个边边。

在我们西北,天下之大,一座羊圈。
十八路诸侯,六十四烟尘,一袋旱烟,半晌罐罐茶而已。

在我们西北,太阳不叫太阳,叫日头。夸父不叫夸父,叫瓜娃子。
山寨叫堡子,皇帝叫爷,再大的葱,没栽过也见过。

在我们西北,不扯虎皮作大旗。有一是一,有二是二。
老子青牛过函谷、涉流沙;孔子没来过,确确实实,爱谁谁?

在我们西北,大漠孤烟直,长河落日圆。
两个诗人:一个王维,一个李白。

在我们西北,一条路,丝绸之路;一条河,就是黄河。
一座羊圈,叶舟说那是敦煌,爱信不信。

在我们西北，祖国叫家国，先家而后国，保家而卫国。
黄河是母，秦岭为父，赳赳老秦，一息尚存。

在我们西北，血是热的，火是烫的，心是疼的。
冷的冰的是三九天，是说话不算，是喝酒不干。

在我们西北，五谷酿的叫酒，头割下来碗大的疤。
血和雪，声母韵母，分不大清。情和义，朝代更迭，换血买盐。

在我们西北，两个姐妹：生下汉唐、吐蕃、大夏、匈奴和柔然。
三个兄弟：一个叫贺兰，一个叫祁连，一个叫天山。

磁儿沟

沙石反复被山洪搬运。
地表有稀疏的耐旱植物。

当我抬头,深深替那些鸟雀担心:
一旦飞临,这粗粝、破碎的山体
就会纷纷刺穿它们!

窑工已经安全撤离现场,荒凉
长时间接管这里……

废弃的窑址旁,散落的碎瓷
格外刺目。烈日长时间炙烤
一只土蝎外露的交接器。

北美笔记

一 光斑蝴蝶

历史上,每项变革,至少意味着要造成15%的被疏远者。

他们与另外85%的人群,会滋生某种敌意。

"瑞尔森大学学术委员会坦白、诚实的征询环节,一定程度上,可以缓解人们的焦虑。"

——伊文斯博士端起咖啡。临窗一侧的脸颊上,正好停着一只光斑蝴蝶。

二 时间之仓

枫叶花园,北美冰球职业联赛多伦多队前主场。

这座拥有80多年历史、无数辉煌时刻的球馆,人去楼空。

2011年,瑞尔森大学收购了它。

改造时,从地板下面发现了一只封存完好的黄铜盒子,里面装有球馆的原始档案:一份协议文本。一册大萧条时期北美冰球职业联赛赛事规则。一张多伦多城市日报……一只玉制的小象。

那只小象,它代表什么?直至今天仍是一个谜。

谢尔顿·琼斯见证了改造工程全过程。

"我们模仿前人,在某个不为人知的所在,重新埋入一只盒子,我们把它称作:时间之仓。"

那只寓意不明的小象,被一并装入。

或许,再过80年,或者更长时间,人们会再次发现:一只神秘的玉象。

一个谜。

"我们以这种方式,封存时间里面的秘密……没有人会去寻找答案,因为那是只有傻子才会干的事情。"

三 《新年贺信》

DVG 酒店房间阳台,不允许吸烟。
可以坐在躺椅上,欣赏枫树树梢稍纵即逝的夕阳余晖。

约瑟夫·布罗茨基的《小于一》,刚翻到第 220 页。
"那些是什么山?那些是什么河?"停在这一行,没有再翻过去。

迷人的诗句,出自玛琳娜·茨维塔耶娃的《新年贺信》。
——青春期的声音。脱皮的声音。

"无论在《花衣魔笛手》,还是在《黄昏集》中,都未曾出现过这个声音,除了那些谈论离别的诗"(布罗茨基)。

"上帝不止一个,对吗?
在他上面,一定还有另外一个上帝?"

阳台下的草地,草坡上的枫林,虫鸣的声音,仿佛裹在薄薄的雾气之中……
树林背后,楼宇亮起星星点点的灯光。
楼宇顶上,是北美大陆奇丽、深邃的夜空。梦境一般的夜空。

我离开阳台,发现脊背已经湿透。那是春天的安大略湖潮湿的空气,在椅背上暗暗凝结的夜露。

四　南美肤色的男子

那个在当达斯广场出现的高大男子，神形疲惫。
他带着一只装有四个滑轮的大箱子和他的南美肤色。
他斜穿人群，在广场一角的灯柱下停步。
他铲形帽下深褐色的目光向四周巡视。
我突然产生了一种异样的感觉。
我没有试图去接近他。
我站在广场另一侧。仿佛隔着大洋，欣赏落日下另一座大陆：
一只充满无限倦意的、孤独、黄金的老虎……

五　海滩

时值正午。西海岸。巨大的天体海滩。
在这里出现的不同肤色、不同年龄、不同性别、不同国别，侧卧、横躺、行走、嬉闹的人，他们身下的花毯、手边的书籍、头顶五颜六色的气球，以及彼此之间的友谊、外露的性器，都会一一消失。
我们也不能幸免。
但那些粗大圆木、粗粝礁石、神秘洞穴……还是会留下来。

六　人类学博物馆

UBC 人类学博物馆。
巨大的原住民图腾柱之间，年逾古稀、头发荒草般披覆的古塔博士，告诉我：印第安数百个族群，流传着一个大致相近的传说——

他们的先祖,来自浩瀚宇宙另一片星空。他们分别是鳄鱼、乌鸦、熊和雷鸟……身着羽衣,
在一个神秘时刻,借星辰之光,从天空降落。整个降落过程就是一个幻化人形的过程。当他们的双脚,触到北美的土地,最早的印第安人出现了。
我相信,这是我听闻过的最为庄严和神奇的有关人类起源的传说。
我甚至感觉身边的空气,开始缓缓流动。古塔博士的面孔变得越来越模糊。一根根古老的图腾柱发出幽幽荧光,和神秘强大的能量,似乎要带着我们,一同飞离这座星球。

七 卡佩兰奴

在卡佩兰奴。我看着这些树木和禽鸟。
树木高大,树干上生长着彩色的菌类。
禽鸟眼神犀利,辨认来来往往的游客。
它们的主人,是一个长靴细腰的印第安女孩,斜坐在树下铁椅上。她的左肩上,蹲着一只隼。
一个百无聊赖的下午。
草木散发腐烂的气息。
她偶一抬头,瞥向人群的眼神,让我悚然心惊:
她的美,令人窒息;她的岑寂、焦渴,呼应着我的万古愁。
她来自我不熟悉的地方,但她鹰隼一样的眼神,似乎能洞见我隐藏内心、秘不示人的秘密。

八 杰克的咖啡馆

吹牛小街。

每过一刻钟蒸汽自鸣钟就会奏响古老而优美的旋律，带我们回到：一群伐木者、淘金人、

搬运工、轮机长、水手、邮差、面包师和一个来自卑诗省的乡村牧师中间。

这里是西海岸的温哥华。

这里有上帝的橡木桶。

这里的落日和黄昏比地中海、苏格兰的还要美。

这里的酒和大麻味道够冲。

这里的美人儿来自墨西哥和遥远神秘的东方。

这里是吹牛杰克的咖啡馆。

我们都愿意和他喝上一杯。我们愿意伴着管风琴，在昏暗的煤气灯下听流浪汉杰克讲自己的故事。讲伐木者、淘金人、搬运工、轮机长、水手、邮差、面包师和一个来自卑诗省的乡村牧师与他荞麦肤色的恋人的故事。

听他讲冰湖、风雪、蒸汽机车、大开发；

听他讲我们自己的故事。一代人的故事。

有人醉去。有人号叫。有人在角落昏睡。有人搂着腰身粗壮的陪酒女去了后厨。有人在满地靴筒中摸自己的那一只。有人来到街上。有人摸黑回到码头。有人死去。伙伴们把他搭上板车，送到维多利亚湾残留积雪的山冈。从这里

可以看见巨大的趸船，可以看见

矿石和圆木，随着千帆入海。

第四辑 ｜鸟鸣与落日

心经

这一部河流的成长史,我们来读读。
或者,在星辰的微光下,收束气息,披霜而坐:
只我和你,在大地上勉力修持。

证据

——给李元胜

远离大陆的荒岛上,也有
蝴蝶在飞。

于他而言,发现这种小型灰蝶,其惊喜
不亚于托马斯·阿奎纳① 发现上帝。

他使用长焦,在一株酢浆草的茎叶上
提取这一关键、直接的证据。

---

① 托马斯·阿奎纳(约 1225 年—1274 年),生于意大利洛卡塞卡堡,中世纪自然神学最早的提倡者之一。据传,他用五种方式证明了"上帝存在"。

看见菊花

在邻居的阳台上,秋阳温存。
在路边小店的招牌下,几只破瓦罐,淋着秋雨。
这些菊花应该长在篱下,但是并没有。
这些菊花看上去也是菊花。就算没人看见,它们也是。

鸟鸣与落日

鸟鸣是清晨在扑满里轻轻碰响的银币
落日是黄昏码头上塔吊间悬空的鸟巢
入睡前,我把两者放入同一首诗中

轻轻合上的诗集——
落日的扑满中装着一枚枚清凉的鸟鸣
鸟鸣在燃烧的塔吊间来回撞击,响成一片

惊喜记

喜鹊落在梨树枝头。
被一次次霜降浸染得几近透明、金黄的
梨树,它的每一片叶子,都可以在其上
刻写《楞伽阿跋多罗宝经》。

三棵晨光中的梨树。即使它的叶片上
还没有刻下任何文字,我也愿意
在记忆中收藏它们。何况
五只长尾喜鹊正落在梨树枝头。

五个方向,五个时辰,还是
从父母身边逃走,尝试过整日整夜户外生活的
五个孩子?虽然我无法成为其中的一个
体验着幸福,但我看见了它们。

喜鹊会一一飞走。梨树的叶片
会因为它们的飞离,震颤不已。梨树,当它
金色的叶片在晨光中重归宁静,谁会相信
五只长尾喜鹊曾在那里留驻?

清明

如果一人离去,豹子会不会为之目裂?
如果一人离去,巨石会不会自崖顶跌落?
如果一人离去,梨树会不会在寂静的山坳里爆炸?
如果一人离去,清明的雨水,会不会
在一张清幽的脸颊上
烧制出绝世的冰裂纹?

在这些问题还没找到答案之前,我
信马由缰,游佚于四月的春山之中。

在尘世

在赶往医院的街口,遇见红灯——
车辆缓缓驶过,两边长到望不见头。
我扯住方寸已乱的妻子,说:
不急。初冬的空气中,
几枚黄金般的银杏叶,从枝头
飘坠地面,落在脚边。我拥着妻子
颤抖的肩,看车流无声、缓缓地经过。
我一遍遍对妻子,也对自己
说:不急。不急。
我们不急。
我们身在尘世,像两粒相互依靠的尘埃,
静静等着和忍着。

速度

在天水,我遇到一群写作者——
"写作就是手指在键盘上敲打的速度。"
在北京,我遇见更多。

遥远的新疆,与众不同的一个:
"我愿我缓慢、迟疑、笨拙,像一个真正的
生手……在一个加速度的时代里。"①

而我久居甘南,对写作怀着愈来愈深的恐惧——
"我担心会让那些神灵感到不安,
它们就藏在每一个词的后面。"

---

① 摘自沈苇《在我生活的地方》一文。

一个词

一个词,解开了绳索,除去镣铐。
一个词,浑身锈迹,缀满露水。
一个词,朝你奔过来,赤裸的儿童。

创造一首诗,一个
新的词窟:接纳它!
让它与陌生的词亲近、摩擦,产生好感,
彼此吸引并相互照亮;让它们
发生关系——开始
繁殖!

多少静谧时刻,我

我有过一次,躺在一顶
黑牛毛帐篷中数星星、数雨滴、数夜半
雪花的经历。
记不清在桑科草原,还是尕海湖边?
抵足一夜的朋友,早已失去联系。
侥天之幸!我还活在人群中。
我曾在大陆的西海岸欣赏过落日之美;
也曾在千岛之国,长时间举起镜头
拍摄原居民攀上树巅收割椰子的场景……
无数静谧时刻,我整个的身心
放松,敞开着,以此接纳
迎面或俯下身来的世界。

致友人书

现在可以说说这些羊。它们
与你熟悉的海洋生物具有相似性:
被上帝眷顾,不断繁殖,长着
一张老人或孩子的脸。
现在它们回到山坡,挤成一团,互相取暖。
现在它们身上覆着一层薄薄的寒霜,和山坡一样白。
头顶的星空簇拥着无数星座:
北方的熊、南方的一株榕树、阿拉伯圣水瓶、
南美大河……古老又新鲜。
我的帐篷就在它们旁边。
我梦见的和它们一样多。安慰也一样多。
黎明抖擞潮湿的皮毛奔向山下的草地,
像满帆的船队驶往不可测的海洋。
而我将重新回到城市,那里
有等着我的命运和生活。

致读者

我在夜间写诗。
写清晨的草原,露水上的光。
写白天的事物,不远处正在发生的事。
写一匹马,穿过细雨的峡谷;
另一匹,独自在山冈。
写一个人的死,自然的死。也许有过屈辱
但最后归于平静,获得安宁。
写很久以前的某个暖冬,炭火燃烧,新生命
降生,屋子里充满生气。
写更早的时候,跟着父亲,去河滩看望玉米。
也写过恐惧,试图摆脱它,但的确很难。
也会写到星辰,写到大海,写到晚年。
我也在白天写诗,
但更多的诗篇,来自完全沉静、独处的时刻。

鸿雁

南迁途中,必经秋草枯黄的草原。
长距离飞翔之后,需要一片破败苇丛,或夜间
尚遗余温的沙滩。一共是六只,或七只,其中一只
带伤,塌着翅膀。灰褐色的翅羽和白色覆羽
沾着西伯利亚的风霜……
月下的尕海湖薄雾笼罩,远离俗世,拒绝窥视。
我只是梦见了它们:这些
来自普希金和彼得大帝故乡
尊贵而暗自神伤的客人。

独享高原

点燃烛光,静听窗外细致的雨水。
今夜的马,今夜的峭石,今夜消隐的星辰
让我独享一份冷峭的幽寂。
让我独享高原,以及诗歌中
无限寂寥的黑色毡房。

我于这样的静寂中每每反顾自身。
我对自己的怜悯和珍爱使我自己无法忍受。
我把自己弄得又悲又苦又绝望又高傲。
我常常这样:听着高原的雨水,默坐至天明。

雨季
　　——给人邻

说定了,陪你去玛曲对面的唐克。
看亚洲最美的草原,看雨后河曲
壮丽的日出……
我闲居已久,懒于出门,心中长满蘑菇。
我们搭伴去唐克,是第一次。也可能
是最后一次。
雨季如此漫长,草原上的小路泥泞不堪,
我去屋后林中
砍两根顺手的木杖,趁着晨雾未散。

天色暗下来了

天色暗下来了。乌云
低低压迫山脊。
我在山下的屋子,灯光尚未亮起——
那里现在:无人。
我不必急于回到那里去。
我可以继续听着风声,愈来愈疾
掠过身边的草木。
就算天已经完全黑定,下山的路
看不见了,我也想
再逗留一会儿。
我倒不是在等待星群,我只是
有一种
莫名的、难以排遣的伤感。

乌鸦笔记

一

北方,睡眠深沉。
乌鸦的巢,筑在
梦与醒的边缘:寒林一带。

二

除非捡根树枝,在雪地上画圈。否则,
乌鸦眼中,你就是一个
荒诞的人。

三

乌鸦蹲在树枝。雪花
静静下落……雪花,总是先经过乌鸦
然后才抵达地面。

四

隐约觉得:一口大锅,煮着乌鸦。
或者一只笨鸟,陷于
漫天雪意之间。

五

呼乌鸦为乌鸦,
其实是从岁月
打捞童年。

六

今年冬上,父亲去了。
我真实的想法:让他带上
一只乌鸦上路。

七

乌鸦不能理解之欢欣,我亦不能。
乌鸦不能理解之哀痛,我稍解之。

八

与一只乌鸦的隐疾对应,
我多年的心病,是不能陪它
一起痛哭。

九

把乌鸦比作一枚碳核。
它的周围:

枯枝返潮,冰雪融化,春水泛滥。

十

可能是一只。也可能
是无数……只要出现,
旺藏一带的黄昏,就降临了。

十一

青稞地上盘旋的那只,
与眼前雪地上的这只,是同一只吗?
与那年在夕暮中的桑科草原,把影子
投入河水的那只呢?

十二

新嫁娘。当乌鸦出现
在新婚次日早晨夫家的院墙墙头
你要敛首、低眉,在内心作答,
以此攥紧手边的幸福。

十三

谈论乌鸦,其实是在谈论
一种风俗。禁忌。火。
一种神秘宗教。

十四

夜晚不宜谈论乌鸦。但像这样
在一首诗中,却并无不妥?

十五

我不能与一只乌鸦签订条约。

十六

没有比一只乌鸦的隐喻
更让人无措的了。它
凭空增加了一本书的重量。

十七

在一座大山深处,一直挖下去
会不会拎出一打乌鸦的尸骸?

十八

乌鸦翻着白眼。
我袖着手。两者之间,不止
隔着一场雪。

在小区花园

灯台状间歇喷泉。它的下面
困住一头来自圣弗雷斯岛的
受伤的、喘息的巨蜥。

……词语的长尾,拖入海水
被一只海狮撕扯、咬断。

赭色岩礁上,栖息着成百上千条。
——昨晚,我在央视9台看见。

现在,我坐在它身旁,一边写诗
一边
舔着伤疤,忧伤。

狻猊帖

无眠。无一字可写。抽很多烟。
辗转反侧,长夜不得伸展。

——这种情形已有多日。入冬以来,
似乎鲜有安宁的睡眠。

是什么让它烦躁如此,默诵百遍清心秘咒
尚不能令其片刻宁静——

这孽畜,这荆莽丛中伺机而动的潜伏者,
这来自西域伏象食虎的大猫?

内宇宙的爆炸,
比三个嗜血部族的叛乱还令人心惊!

酒浇不灭。
铁棒僧,无法使其慑服。

黑陶罐

你在抟弄黑色黏土眼眸深处
一簇火苗燃烧
一只长颈黑陶罐在你身体中慢慢成形
我喂给你水喝同时也需要从你的民歌中汲取
从雪中汲取从暴雨中汲取从颤抖的叶茎和含毒的唇舌间汲取
而你在抟弄黑色黏土双手插入黑暗
试图从那里取出一只受难的黑陶罐

我从你眼眸深处的火焰中读出绝望和焦渴
我喂给你水喝用这古老又新鲜的
器皿

两个人的车站

火车轰隆隆开过来,我们还没有准备好
火车轰隆隆开过来了,我们的嘴唇仍焊接在一起
火车轰隆隆向我们开来,我们有向死之心
火车撕开夜幕光柱,横扫戈壁石芨芨草和远山
黑暗的轮廓
火车像位大神,突然降临
我们的心脏与这座名叫河西堡的露天小站
一起狂跳、震颤
火车已经迫近,我们不能继续拥坐在铁轨上
一颗一颗耐心地数天空的星星
火车注定抵达,就像两天前相向而来的火车
把两个陌生人卸下
火车终于来了而在它到来之前
我们刚刚从人海中,把对方辨认出来

写信

写信之前,先关窗户。
这是一封寄不出去的信,所以要一直写到天黑。
因为确定不被看到,所以才会关上窗户,大哭一场。
心里明白,自己在做一件毫无希望的事,所以
一边写信,一边喝了不少绿豆大曲。
三十年后,提着花洒,给阳台上的花草浇水。
看见楼下,儿子在打球,他的母亲,坐在
球场边的石椅上,安静地读一本小说。

日记

此刻,至少有一百个诗人
在对付这场雪,凝视窗外:停机坪、
小区车库、滨海大道、田野和牧场……

在飞雪的意境中我感到自由。
写作是愉快的;穿上厚靴,裹上围巾,来到户外
在湿滑的河堤上散步同样愉快!

那个正在给雪人粘胡萝卜鼻子的小女孩的快乐
可以分享。
那个冒雪骑行的快递小哥后货架上的箱包中
有一打惊喜和祝福。

一个人可以放弃写作。
就像那位阁楼上的哲学家,放弃思考
专注于一匣来自古巴的烟草。

雁滩公园
——给于贵锋

湖面结着薄冰,冰上
覆盖旧雪。那被层层抑制、压迫着的
除了湖水、芦根、沙石和鱼虾
还有孤雁的鸣唳和几个孩童
远去的、渐弱的喊叫?

这白茫茫的一片,有些刺目。但有人喜欢
梦中抱鲸而歌,白天
疾步穿过湖面。

一月

大雪掩袭北方。一月的
寒意自笔端涌出。

两条铁轨之间,雪正在蓄积、膨胀。
我远未获得想象的自由,只是俯身生活
捡拾一支滑向远端的钢笔。

蝙蝠在什么情境下教育人类?
从什么时候开始,把自己的身体
淬炼成一座病毒实验室?

我携带内心的数据,搭乘一辆
没有终点的雪国列车,替人类
去向未来作证。

那一夜

我有些想家了
一群人在喝酒。其中一人,抱着
龙头琴弹唱
帐篷外面
白霜匝地,星斗
布满天宇
一条黑色大河,在不远处滑动
我沿河岸走了走,大约
一支烟工夫
划燃火柴的一瞬
周围的黑暗
迅速挤压过来
返回时
感觉冷,身体在发抖
我加快了脚步
我喝了很多酒
反复唱一首崔健的歌
与人发生不快,摔了酒碗
后来又把酒言欢,抱在一起痛哭
摔倒在草地上

夏天的故事

把淡紫的马兰花送给她,插入她
窗台上细颈的空瓷瓶。她佯装无视
低头摆弄清洗出来的水果。她的
窗外是一小畦菜地,沐浴着阳光,长有
新鲜欲滴的草莓。
我告诉她我的夏季计划:一座冰川
邀请我去访问,但需要一名助手。
"那么,可不可以一个人跑出去
看河源日出?"
"会见到狮泉河吗?"
"要准备氧气、防晒霜、藿香正气水?"
"或者,只是……随便说说?"
……二十多年后,我一个人
住在临海的一座大房子里,在这个同样清新、
明媚的早晨,我突然想起她,和那个
高海拔的夏天。

自行车

男孩女孩都渴望驾驭自行车。
流泪,撒泼,陷入绝望。
我们都仇视过,一遍遍处决过
那个拥有空后座、吹着口哨、从校门口
呼啸而过的男子。
我们放他气,拧他铃盖,拔他的后座……
在内心一遍遍处决他。但最后
哭倒在地的仍是我们。
我们恨自己的父亲。当然,首先得有父亲。
最大的诱惑来自自行车,危险
也来自那里。我脑海深处一直藏着
一幅画面:一辆红色自行车,放弃了
控制,在绿色的空气中自由滑行……
它的上面,没人,空空。

加油站

它的内部构造只能借助想象:
一间巨大的心室,连接动脉、毛细血管,
持续泵出燃烧的液体。不能想象
一夜之间所有的加油站发生类似短路或
血栓堵塞那样的故障,道路瘫痪
像一截截被打断脊椎的蟒蛇,
紧紧缠绕在这个星球上:直到窒息。
这种情况在理论上是成立的,事实上
很难发生,但并非完全不能——
如果有个疯子,在每一口油井,
插入一根捻子,在圣诞或平安夜同时点燃。
但这关乎石油资源和人类安全,
不便讨论。我只看见它的外部
一只巨大的红色蟾蜍,蹲踞在必经的路口
不避晨昏,吞进、吐出各种车辆。
我遇见它时,它就这样,绕也绕不过去。

松木栈道

起点是一群花鹿
休憩的湖滨草地
由此出发,拾级而上
进入溪山和云雾

你一人前行,落在众人之后
众人消失在密林、云雾之中
你独自上路
嗅到了松胶、菌类、溪水
和野兽粪便混合的味道

松木栈道的终点,据说
在一处断崖旁边,那里
濒临绝境的水,纷纷投入
一条瀑布之中

你似乎已听见群峰之间巨大的轰鸣
你脚下的栈道,在轻轻颤抖

下雪了

我喜欢空气被雪片击穿发出的啵啵声。
停下手头的活计,打开窗户
深深为人群中那些失聪者感到悲哀!
为那些被色盲症困扰的人感到欣慰。
我没什么可以遗憾,也不再抱怨。
当我闭上眼睛
唱诗班的孩子在天空下集体排练,
谷仓里挤满了农具、谷物和叽叽喳喳的麻雀……

群山

抑郁症患者
坐在阁楼阳台发呆。
楼下一个小女孩喊他的名字,声音仿佛
被空气吸收。一整天,群山只在
观察之中。而他感觉不到
来自那里的回应。
鸦群投入群山,仿佛被群山吸收,
没有半点声息。
绝对的存在,让心境更为低落,
直到星辰也加入进来。

月亮

它的美,缘于一头狮子纷披的毛发
和与它之间
看似贴近实则邈远的距离。
它的美,唤醒我们沉睡的、古老而单纯的
动物性情感。
来自云团、尘埃、雪霰……的遮蔽,
加深它的神秘。

互为存在,我们
孤独、纯粹的事物。

9月21日晨操于郊外见菊

我只瞩目于秋原之上一只黄金的杯盏
——独擎西风,以及比西风远为凛冽的霜晨
微微倾斜。

天地大开大合。秋天发挥到极致。
独舞者,一经旋转便身不由己——
四下早已
遍顾无人。

高出秋天。也高出
西部的寂寞。
正好适应我渐渐升高的视线——

最初我是从一片洼地开始起步,现在
我想我已经来到了高处。

疲倦

这疲倦有如微醺,让我迷恋。
这疲倦不名姓字,既感陌生,又觉熨帖。
这疲倦的浪花一波波袭来,竟无由拒绝。
这疲倦的花园,关着一头野性的豹子。
这疲倦,如此深沉,充满诗意的魅惑。
这疲倦的物,疲倦的眼神,疲倦的岸,
如夜的渊面,令人沉醉。
这疲倦的春天,仍叫作春天。

孤独

知道月亮里面有一扇开向桂树的门。
知道大河奔流受制于一种神秘的自然宗教的驱使。
固执地想把大海写入诗歌,想把一种
人类无法根治的毒素,植入此生。

我始终对内心保有诗意的人充满敬意
——读詹姆斯·赖特,并致某某

雪落甘南。也可能落向羌塘、藏边。
一上午埋首十万道歌,半部残卷。
其间接过一个来自海边的电话。取下镜片,移步窗前。
我始终对内心保有诗意的人充满敬意。
生活面前,我们还是儿童。还是那只
"在一根松枝上
反复地、上下跳跃的
蓝色松鸡。"
眼前只是街道、泥泞、缓缓驰过的
长途货车。远处,山冈上
白雪半覆茂密的沙棘林。
我始终相信:雪让万物沉寂。
而诗歌,会把我们日益重浊的骨头
变蓝、变轻。

风吹

风吹静静的山坡
小红花,正和穿金戴银的姐妹们
说悄悄话。

弯下身子,我说:
"让我也加入到谈话中来吧。"

茫茫大草原,云层中
鸟在和鸣。

我抬起头。但同时感到
作为一个人的孤单。

群鸦

群鸦乱舞。群鸦在空中
不会掉下来,即使冲它们大喊。
树枝上面是空的、灰白天空。
群鸦划出的线条,交叉、纠缠
清晰又凌乱,无法描摹。
树枝下面是粗硬树干,是北方
厚厚的积雪。群鸦
逆风盘旋,发出尖叫;又沿着
看不见的海浪的锋面
收缩翅膀,斜刺而下
像一群
踩滑板冲浪的少年。
我一会儿兀自担心,一会儿
又在内心,暗暗替它们喝彩。

三棵梨树

三棵梨树,三种自然。

青绿的一棵。
自带光芒的一棵。
遭遇密集雪霰袭击的一棵。

梨树那边,自成世界。

有一次,我经过这里。
喧嚣的叶片,突然陷入夏日般的安静:
梨树在枝头悄悄讨论我?

我一时不适于这样的事实但又无法拒绝。

红桦树

红桦孤立于雨后的松林。

我收集过它的皮,并用它裁剪、装订过一个
小本子,但还没来得及在上面写好一行诗。

红桦于我,不只是美学意义的存在。

它从世界的另一边涉水而来,带着
陌生的光线、水滴,区别于其他的清凉气息。

我找到属于自己的小板凳,远远坐下。

红桦的世界里似乎有寺钟,但不是
每刻都敲响。

山鹰的翅膀变蓝,正从高处,弹落雪粒。

杨树

杨树躯干发黑,枝条裸露。
树叶在道旁堆积一个个小坟冢。
我看见自己在夏天推着单车独行
在浓荫里。

杨树会把它枝梢上面的月亮培养成
一个小美女。春天,
杨树清新的气味,很难祛除。
杨树,径直把我带入丰盈、静美的秋天。

杨树走过四季。
我步入老年。年轻时有一次感到绝望
背靠杨树痛哭。

杨树僵硬的躯干探入透明、清冷的夜空——
那里有一颗星星,移近来,试图点燃它。

秋天记事

那一次,人群突然分开
把我一个人
暴露在大街上

满地落叶随风飘起——
哦,秋天
你看我又一次两手空空,出现在这里

早晨的诗节

一

哦,醒来了,我陌生的身体。
刚才,它还在海水当中,
一队闪光的鱼群,静静地
穿过它蓝色透明的峡谷。

二

我需要一些简单的食物:馒头、咸菜、
一杯烧开的牛奶。这没有问题。问题是
我还需要:来自一座山林的新鲜空气。

三

没有墨水,用什么涂鸦?
血管里的血十分平静。这个早晨
我还是不是一个诗人:薄雪地上
用目光按住
那只一动不动的乌鸦。

四

阳光是什么?一块晃眼的布:
绣着花草、羊,以及
鸟清晰的影子。
但那白色奔跑的大雾,又是什么?

一种春天

在野梨树和红桦交织的山坡上,
在野梨树的白和红桦尖利的高音表达中,
春天依然是和谐的。
可以触摸。接受着
触摸。但
还是有一些委曲。

不易察觉:那些顺山溪飘下的
白色花瓣。

落日研究

多年来我保留着观察落日的习惯。
我的收藏夹中,藏有版本不同,形制不一
色泽和质地各异的落日标本。
我自诩对落日的认识不会逊于他人。
有一次,在郊外江边,荒草深处
找到一处废弃的旧泵房,
从此我每天的散步都会延伸到这里。
傍晚,暮光疾逝,江风四起,
我怀着悲欣交集的心情
靠在旧泵房锈迹斑斑的铁门上,
独自一人,打磨、制造自己的落日。

第五辑 ｜窗花之忆

老家屋顶的天空

旧年的柴火垛,已经发黑。
新鲜的玉米秸秆越堆越高。
天空始终是蓝色的。

一棵明亮的柿子树以此为背景。

星空

再贫穷的村庄,也会有羊圈、碾盘、水井
和先人们的坟;

再荒僻的村庄,也会有鸡鸣、犬吠、婴儿的啼哭
夜晚繁密的星空——

背井离乡的人梦见的那一片星空。

练习曲

从山坡铺延至河滩的白雪还是需要有一点技术的。
看似随意的空中姿态,鸟儿们反复训练才能完成。
那时候我们把一簇小小的火苗从家里穿过河滩捧到学校。
几十年过去:那些曲折路径,依稀还可以辨认。

窗花之忆

最硬的风从现在吹起。
最顽强的果实,仍挂在枝头。
最喜欢的舅舅,背着褡裢,弯腰从柿子树下经过。
最美的雪花,母亲在剪,她还在剪……

花喜鹊

又一个老人上路了。我把头刚磕地上
就听见花喜鹊在身后的院墙上"喳"地叫了一声。
待我回头,它扑棱着翅膀,倏地飞走了。
从童年开始,花喜鹊每次出现
都要从我身边带走一个人,记不清一共有多少次。
有个孤老头,每次都说:"快把我也带走吧。"
可花喜鹊总是带走还没有准备好的人。

七个夜晚

七个夜晚从深井打捞残星。
七个夜晚在一株白杨树干上刻下月光。七个夜晚
把散落的羊只一一找回圈中。一生中最长的夜啊!
家族中的老人,盘坐一地。嗯嗯,啊啊,耶耶。
而死亡借一匹麻布的竖琴唱歌。
七个夜晚秘密刻录的信息,被九天之外梭巡的
一颗流星捕捉,被童年清凉的泪水收藏。

我们没法从一场春天的游戏中退出来

瞎子看不见杏树在开花。
唇裂的孩子,也有在山冈上高声呐喊的冲动。
我们搬开石头,露出黏附虫卵的骨头。直到
我们中间的一个,被她的母亲喊回。另一个
脸上长满痘疱的男孩,被早早淘汰出局……
我们停不下来。停不下来。尽管参与者,
已经所剩无几。

取水

梨花一树一树。
苦涩的甜味渗入四月的空气。
梨花深处,泉水清冽。
叫不出名字的蝴蝶恋爱着这里土尘的清新。
我们老远就闻见刺鼻的硫黄气息——
不是来自地下,而是来自
记忆的清贫期。

入窖

因为矮小,总被选中。我无数次
目睹土豆从透着光亮的窖口滚落,再经过我的手
抵达更深的黑暗。我摸索着把它们一一摆放整齐。
当我爬出窖口,一片雪花
钻入我的衣领。
我突然感到一阵心悸!
谁愿意成为置于黑暗中心的那一个?
时隔多年,我仍没有摆脱
这来自黑暗深处的质问。

清明,忆什川梨花

春天来了,什川大地亡佚百年的白门故人
纷纷回到岸边坐定

乘着羊皮筏子,来到这蜂群嗡鸣的河谷、盆地
在岸边坐定

黄土高坡盛大的灵堂,大河拐弯处
堆放的香雪和蝴蝶

四月的风
不忙着把它们遣散、送回

拍拍膝上的尘土,细雨中,我一一辨认
仅仅是辨认,不是唤醒,也不想着尝试说出

河滩

河滩保留着洪水拖曳而过的痕迹,
现在是平静的正午时分。

一个背背篓的女人来到这里。然后是
两个孩子,来到乱石和树枝之中。来到注视之中。

天空低伏,村庄退隐——
裸露的河滩,仿若油画般空旷、阒寂。

只有背背篓的女人,和她的两个孩子
在乱石和树枝之间,弯腰、捡拾、偶尔抬头。

泪水就这样无声地涌出——
我奔回她身边,重新成为两个孩子当中的一个。

暴雨中的玉米林

暴雨抽打墨绿的玉米林像抽打
暮年的大海。

暴雨抽打墨绿的玉米林像抽打
一架青春钢琴。

当我还是孩童的时候,暴雨抽打墨绿的玉米林
像抽打病中母亲,一盏飘摇的灯……

雨

落向村庄的雨,洗净榆树和那里住着的
两大一小三只麻燕的脸。最小的一只
满脸透出惊奇!

用我们的手稳稳接住,别让它们
掉入泥淖。

落向村庄的雨,要密密地裹住
这些气息。
我的母亲和姐姐在里面哭,我的哥哥患上了肺病。

不让远在青海的父亲,
雨中听见。

一枚橘子

有时候,无端想起
帆布提包中掏出的一枚橘子。

不新鲜、起皱……微觉干涩。不是
曾经熟悉的饼干或糖果——
点亮我们的眼睛。

浑圆、金黄,渗出酸酸甜味,
弥漫开来……满屋子都是陌生水果的味道。
那可以剥开、依旧新鲜、每个孩子分到的
新月一样的三瓣

——舍不得撕下缠裹它的缕缕绒絮,舍不得
一下含入口中。哦,飞溅四溢的汁液!

把一枚橘子
从走过长路、敝旧的帆布提包中掏出
于瞬间点亮孩子们眼睛的父亲的手,
不会在这个世上出现了……

记忆:落雪

屋顶。飘雪
喜欢呀,姐姐

那雪
从船形山上旋转飘落。那雪
要落在胖妞的掌心和弟弟的鼻尖上

——在我们一同经历的那些冬天
在和母亲一同经历的那些冬天(母亲
在病中)

姐姐和我
站在屋外的台阶上,看雪
从船形山上
一片片飘下来

银亮的雪花,飘向院中,夹杂着雪粒
银亮的雪花,必定是落在
姐姐红红的小手掌心
和我冰凉的鼻尖上

而小鸡,正和它们的妈妈
追逐院中

弹跳的雪粒

姐姐,想起这些,我握笔的手
就感到微微发热

腊月。暖

一院子旧麦草的霉味
从台阶铺至门道

我穿着碎花布棉袄,噙着一颗糖
坐在门槛旁的小木凳上

母亲,弯下腰
把草摊开

腊月里也有暖和的阳光。那一年
我生着病,但母亲很健康

杏树

杏树下的蛇,出门晒太阳。
树杈上的老鸦窝,一块炭上落着雪。

杏树发芽,小木匠上房。
杏树开花,二姐的秋千荡出院墙。

那个夏天,树下的蚂蚁窝被雨水冲跑了。
我家这棵只开花不结果的杏树

做了爷爷的寿材。在砍掉了老杏树的
那个夏天

我和弟弟,背着妈妈
用杏花图案的布头缝缀的书包上学了。

葵花劫

种葵花的人家,是唯一的一家
院墙是用石灰粉白的。

高出院墙的葵花,像傲慢、孤独的旗帜,
让这座地处内陆的村庄显得更加荒凉、破败。

它的存在让人嫉恨。它的美,
让人陷入深深绝望。

作为一个孩子,我甚至
想趁着一个空旷无人、暑热难耐的午后,

把它们的头割下来,
藏到无人知道的地方。

住在村东头孤独的一家人,
他们和村人的交往是这么少。

三个女儿中最小的那个,
时常隔着门缝,窥视我们的游戏。

一院葵花,
高出村落。

大女儿嫁到了岷县,二女儿嫁到宕昌,
最小的那个,跟上擀毡匠,远去东乡。

小时候折磨我的一个想法,就是和她
隔着门缝,说一句话:

不要你家的金,不要你家的银,
只想看看你家的葵花,带上你一块儿出去玩耍。

雪乡

门楣披红。屋檐挂冰。
灶房像一个大蒸笼,冒着热气。
母亲和姐姐,黑棉袄和红头巾
出出进进。
新麦面的香味,从那里飘出来。

乌鸦在头顶飞,狗在雪地里跑,凿冰的声音
从远处传过来……

小孩儿,拿一截香头,放炮仗
在院门外的雪堆旁。
小孩儿那么小,还不能明白
雪乡的深意。

黄金麦垛

黄金麦垛越堆越高——
攀附其上的劳动者,个顶个健壮、年轻。
麦捆划出道道弧线。哦,如此晴朗的天空!

弯月初升,麦垛的尖顶,刺入星空。
从那里顺梯子下来的人,一身麦芒,一身疲惫
俯身抱起麦草堆中睡熟的孩子

——一下午他们在那里玩耍和跑动。

嗨!时光。

看你如何把这些孩子变老?
把众人垒筑在大地上的粮仓——
黄金的麦垛一点点掏空?把那些
曾经攀附其上的年轻、健壮的劳动者的躯体
——藏匿起来?

玉米地

雪粒在地上滚动。
这是今年的玉米地,剩下空秸秆。
枯干的玉米叶片在风中使劲摔打。
运苞米的马车昨夜轧过薄霜,
留下深深辙痕。

无遮蔽的北方,雪粒
从马背上溅落。
砍倒的玉米秸秆横卧一地。我的棉袄
就扔在秸秆上。我的马,
站在那里,打着响鼻。

我要把砍下的秸秆运回去,
堆放在谷仓旁的场院里。那里
金黄的玉米堆放在架子上,
鸡啄食雪粒,一头大畜生,
用蹄子刨着僵硬的土。

而我正忙着低头装车,没留意身后
搬空的玉米地,早已风雪迷茫。

夜

我知道有鸟掠过今夜的村庄。
翅膀下北方的田畴,一片霜白。
松开锄柄的手,重获安静。
父亲,睡眠里我像一枚掉在路上的土豆
循着一生的月光
悄悄回来。
矮个孩子,厚嘴唇拱开
薄薄的银子的村庄。
只有梦中父亲的手
能把我和一大堆不声不响的孩子分开

巢

荆棘中窥见鸟巢,细雨里一双
瑟缩雏子。

密密的叶簇覆蔽其上。
密密的叶簇摇摆不定。

我于这一现之隙缝,洞见叶簇底里的秘密:
满世界冰凉的雨水裹住小小的家。

有无尽之哀鸣弥布天地。
有惊疑不定的浅灰色眸子,递传温情。

我于这一瞬,对世界充满了
庄严的渴望:

诸神之吻,落满一双
瑟缩中彼此温暖的雏子。

雨夜,惊怖之梦

时常梦见
一个被蛛网缠绕的灰烬般的院落——
门楣上红字滴血,半掩的门扉,深不可测
没有呼叫从里面传出来。那里
艾蒿高过腰部,虫豸搬动瓦砾。
那里,一度发生的事情,像真相
被岁月和积尘遮蔽。
梦醒后我听见窗外有哭泣的雨声。在梦里
月色从云隙间窥见
伏在墙头的那个孩子,
紧张恐惧的眼神。
也许,只有在北方冬天下雪的时候,
我才能得到真正的安宁。

孤儿

我有五年时间没见过父亲了。
他情况很糟,溺在水中,呼不出气,眼中的光正在涣散。
我使劲够他的手,刚触到指尖,又滑脱了……
在我五十岁生日那天夜里,父亲离开了我。
我驱车两百多公里,凌晨时分
推开堂屋的门,
他们正把一张麻纸覆盖在他脸上。
在我的感觉中我被隔在茫茫尘世,成了孤儿。

附录

我在这里写作

不用屈指我也清楚,在这座青藏高原东部边缘海拔 3000 米的小镇上,我已经生活了 28 年。大学毕业那年来到这里,以后,也不打算从这里离开——我习惯了小镇上相对平静的生活。

有一天,读到聂鲁达的一句诗:"我承认,我曾经历经沧桑"。我突然感到一种源自内心的深深悲哀。我的经历如此有限,我的视野,越不过这片冰雪覆盖的高原。

是的,"冬天来了,孤立的时刻到了"(朵渔)。然而也是更加沉浸的时光。窗外是一个冬季和大半个春天都化不去的积雪,我记不清曾经历过多少这样的时刻:从书桌旁起身,移步窗前,拉开厚厚的窗帘,让高原凛冽的寒气和刺目的阳光涌入……

在漫长、滞缓和寂静的高原岁月里,陪我一起守望的,是那些伟大的诗篇。当然,还有伟大的亲情和友情。

不止一次有人问过："你为什么还在写诗"？我回答："为什么不呢？"

有将近10年时间，我写不出一首诗，觉得此生可能与诗无缘了。但2012年秋天，诗神又一次眷顾了我，那是怎样的一种悲喜交加啊！在《唐·一个诗人的消息》一诗中，我写道："写作是一种生活。"是的，不管别人如何看待，诗歌，已完全融入了我的生活。

有一次，陪诗友阳飏、人邻、娜夜、古马从甘南州的玛曲县出发，乘一辆当地朋友借来的吉普车前往草原腹地的欧拉（"欧拉"在藏语中的意思是"银子包裹的羊角"）。在一处山谷的溪流旁，我们发现了一种奇异的花草：叶肥大，覆地；茎独立，高三二尺，筷头粗细，上敷细细一层绒毛；茎顶骨朵，像极喇嘛头上明黄色的鹅冠，是一团质感很强的金丝绒堆绣，无臭无味——我更愿相信它随时会散发出一股浓郁的印度香或藏香的异味。什么花？Duyiwei。什么意思？说不清，似乎与佛经有关。汉语怎么写？不清楚。在和当地朋友的问答中，这藏地之花愈发显出它的神秘——似有来历又说不清来历，长在世间又仿佛距尘世遥远。河风吹着，山谷阒寂，恍惚中我脱口而出："那就叫杜依未吧。"娜夜说："听起来有点像里尔克的'杜伊诺'。"我们重新上车，涉河远去，那一片明黄的"杜依未"，留在寂寂的河滩。似乎我们的来，我们的去，与它无关；似乎时间的来，时间的去，也与它无关。

在高原生活常常会遇到类似情景。一个人，一座寺庙，一朵花，一处海子，甚或一只无感无知的甲壳虫，都透着神秘或原初的味道。仿佛等着你来发现，又仿佛浑不在意，让你更觉出世间生存的庄严和奇妙，以及置身其间的福分。因此，我的写作，只能是看见和说出，只能是庄严和虔敬，而不会是其他。如果说诗人的写作是一种创造，那么，我仅仅想通过汉语转述我在这里所见和所闻的一切，不需任何修饰，而且心怀崇敬。

在欧拉，我们爬山去看当地的一所寺院：年图乎寺。天刚放晴，寺院一侧山坡的野花丛中，一匹白马悠闲吃草；另一侧山坡，传来不知什么鸟奇怪而大的叫声。寂静的寺院，只有我们几个人走动——似乎在此之前从未有人走动过。在一处墙角，堆放着静静的玛尼石，刻有雕工极精的六字真言。阳飏兄开玩笑说："拿一块回去吧，放在案头作摆设。"言罢未几，宽阔的额头撞上了回廊的前沿，立即渗出一道红印。他儿子张生说："我爸个儿太高了。"但我想，怕是他说的那句玩笑话，无意中招来了惩罚。

在短诗《速度》中，我写过这样的句子："我久在甘南，对写作怀着愈来愈深的恐惧／我担心会让那些神灵们感到不安／他们就藏在每一个词的后面。"我不是故作姿态。在高原生活得久了，一个人会变得宁静，虔诚，少几分轻佻。按藏族人的说法，每时每刻，都会有神灵从你头顶经过——你必庄重，你必虔敬。我就是这样对待我写作的文字——因为我所处的高原不仅神秘，而且有灵。

我从不担心被遮蔽、被边缘化的问题。在佛眼中，一草一木皆有来历，"一花一世界，一叶一菩提"。我写过一首《看见菊花》，那无人看管和欣赏的、被忽略的路边野菊，可看作是我的自况，然而也有一分矜持和骄傲在里面：

"在邻居的阳台上，秋阳温存。

在路边小店的招牌下，几只破瓦罐，淋着秋雨。

这些菊花应该长在篱下，但是并没有。

这些菊花看上去也是菊花。就算没人看见，它们也是。"

我在这里写作，我在这里生活，我在这里爱、在这里歌哭，我在这里慢慢老去。这一切，按我的理解，就是自然，就是诗。

2015 年 2 月 11 日于甘南

盐巴也许产自遥远的自贡

    谈论自己的写作往往是令人惶恐不安的。在论及我的诗歌的时候,曾经不止一个人谈到了我的诗歌具有某种安静的特质。是的,这是一个显而易见的特征。我来自青藏高原东部边缘的一座小城,小城处在广袤的甘南草原腹地。那里的生活节奏是单调而缓慢的,生活环境是简朴而宁静的,人文氛围又是浑厚氤氲的。我在那里工作、生活了三十多年。可以说我的写作中发生的一切,在不知不觉中打上了这片土地的深刻印记。

    这样的生活环境,对一个普通人来说也许会被视为是人生的困境或局限。但对一个诗人来说可能是一种命运的恩赐。如果我把自己的诗歌比作是我在甘南草原深处遇到的一株不知名的、我自己称之为"杜伊末"的植物,也许是恰当的:它长在寂寂的河滩,长在杂草丛中,却有明晰的辨识度。它长在世间又仿佛距尘世遥远,就那样自在自为地存在着。而从我对当代诗歌有限的阅读中,我更加体认了自我的这种个体诗歌宿命。

    不容否认,百年新诗是汉语诗歌传统之上的一种再造。当代诗歌在处理纷繁复杂的"现代性"经验时更是达到了汉语诗歌前所未有的精神广度和深度。但不容回避的是，当代诗歌在抵达语言的所有可能性向度的同时，也隐含着种种精神危机。其中之一就是遭遇着人类生存图景的变异，传统审美情境的消失。身处城市的诗人们的经验和想象力遭遇着后工业时代和消费主义文化的重重侵蚀。他们不得不更多地去在诗歌中面对分裂、冲突的精神镜像和怪诞、非理性的人生体验。似乎，人类的诗歌传统中作为根基的那种稳定、明晰的价值底座和信仰的标高正在消隐。诗歌的智性元素在异常丰富活跃的同时，诗歌内在的精神力量却在不断衰减。

在这一点上，我深感自己作为一个"边缘"诗人的幸运。也深感自己身后的这座青藏高原的神奇，也许它是人类精神家园最后的屏障。我长期偏安草原一隅，我在这里生活，在这里写作。在这里我坦然接受了自然对我的剥夺，也安然接受了自然对我的赐予。我深感自己的局限，也深感存在的"让与"。我看见和说出我的心灵感知到的，而对更广大的未知领域保持缄默。因为我常常感受到事物背后造化的力量。因此我心庄重，我对世间的一切存在充满虔敬。我的写作首先是面向自己内心的，我在诗歌中首先要安妥自己的灵魂。在漫长、滞缓和寂静的高原岁月里，陪伴我的是人类古老的诗歌精神，和那些伟大的诗篇。

其次，我的写作也是面向未知的外部世界的。在高原上，也许是因为地广人少、空气稀薄的原因，人的生命感觉异常脆弱而又敏锐。遇到的一个人、一座寺庙、一朵花、一处海子，甚或一只无感无知的甲壳虫，都透着神秘或原初的味道。但我坚信，在平凡的人生与这种神性意味之间，肯定存在着某种古老而天然的精神通道，某种看不见的庄严秩序。也许，它藏在某种最平凡的日常生活状态之中，经由某种最不起眼的物质而弥散着。

比如，我常常惊奇于高原上那些普通牧人家或僧舍的普通早晨。一个牧人和僧人的早餐一般是由一碗酥油茶、一碗糌粑构成的。酥油茶是由泉水、酥油、牛奶、粗茶和少许盐巴熬制而成。而糌粑的唯一成分是炒熟的青稞面粉。这份早餐简单到了极致。但这些最基本的物质不但提供着一个藏人的全部肌体能量，也支撑着他元气充沛的精神世界，更维系着他内心恒定的信仰维度。在牧人或僧人安静地用餐的时候，帐篷外面或院子里往往煨着柏香，桑烟袅袅。屋顶上竖着经幡，在风中猎猎翻飞。这样的早晨安详极了，安静得让用餐过程像一个古老的仪式。那些酥油茶和糌粑不但妥帖地滋养着牧人的肠胃，也润泽着他最基本的世界观，让它温暖、平和、美好而又熠熠闪光。更重要的是，桑烟的香味和经幡上的风声，让他感受到神灵的眷顾，让他感知此刻神灵与他是同在的，并且对此深信不疑。世间万物因此在他心中井然有序——这多么像是荷马时代的一幅人类生活图景——人类、自然、神灵在一个小小的早餐炉膛旁边平起平坐、促膝深谈——而这一切只有在青藏高原才是可能的。在这里，诗人也许是多余的。在这里，我常常感到诗歌需要救赎。

而那些牧人或僧人所浑然不知的是，一碗酥油茶，也让他与大千世界保持着遥远的联系：泉水来自远方的高山融雪，牛奶和酥油来自牦牛体内，茶叶来自四川或云南，盐巴也许产自遥远的自贡……

更多的时候，我多么希望自己就是那个牧人，或者僧人。我希望在自己的诗歌里，真正抵达一个那样的早晨。

2018 年 9 月于甘南

从"地域"认识世界

许多时候,"地域写作"不过是外界为了方便于辨识而贴在一个诗人身上的标签,或者就是诗人为了凸显自己的辨识度而主动出示的一个标签。因此就出现了诗人们或者自觉抵制这种被"归类",或者主动捍卫这面标签的不同现象。但无论如何,"地域性"似乎是一个大多数诗人回避不了的问题。

在某种意义上说,一个诗人和某个地域之间的关系,是一种双向选择的产物,甚至可以说是一种神秘的"机缘"。如果我们不是把"地域"仅仅理解为是在空间上与整体相对应的"小地方"、在文化上与中心相对应的"边地"的话,那么可以说所有的诗人都是地域诗人:一个生活在大城市的诗人,他身处其中的那座城市,他的活动范围,甚至他所居住的社区、街道、楼盘,以及所有这些空间里的日常生活,都可以说是他的"地域"——当然这只是一个关于"地域"的泛化的说法。在这里我要谈的是在前者意义上,即作为"小地方""边地"的地域,谈谈像"甘南"这样的"地域"对我这样的诗人意味着什么,以及我们的"地域写作"包含着一种怎样的可能性。

我的话题要从新诗与传统的关系谈起。不可否认,百年新诗是对中国汉语诗歌传统的再造,无论从对新诗"革命(创造)"的赞同角度,还是从对诗歌传统"断裂"的批判角度,这都是一个不得不承认的事实。百年新诗的成就有目共睹,此处暂且不论。但是,我们在言及新诗传统"再造"的时候,往往把传统的"断裂"作为一个预设的背景或者前提,这就无形中导致了言说本身的某种"断裂"。问题是,新诗与古典之间,真的"断裂"了吗?

在我看来,无论诗的形式、语言、意象系统、感悟方式发生怎样的变化,新诗与中国古典诗歌之间,基本的文化基因链条却从来没有被割裂过,比如家国情怀,比如诗人与大地的联系,比如对于空间、时间的观照方式以及从中生发的生命意识。在这些方面,不但没有断裂,而且随着时代的发展变化,发生着更为错综复杂的内在联系。古典诗歌中生生不息的东方式的时间感、空间感和生命意识,在后世不断变化翻新、不断陌生化的"世界图景"中,以更为强烈的压迫感作用于后来者尤其是当代诗人。而经验表达范式的"断裂"迫使当代诗人在"峡谷"的此岸进行着各种个人化的艰难探索。但无论新诗在形式上、理论、主张上探索得有多激烈,走得有多远,但最终,当代诗还是要回到诗歌中人类最基本的命题上来,而这也正是古典诗人和当代诗人所共同面对的。

所不同的是,在农耕时代的自然节律中,古典诗人们那种平阔的空间感、悠长的时间感,以及纵深的生命意识,是基于前现代的时代氛围的。古典诗人们在一个完整性的"世界（或天下）"的想象中，所要处理的个人化诗歌经验，往往是指向人类整体的。而当代诗人很难拥有古典诗人们那样的时空的整体感和生命意识的完整性。当然不可否认当代诗在处理局部经验和复杂的生活细节方面，比古典诗更为精密、细微、准确，但这只是问题的另一个方面。无论如何，在"全球化"时代，"地球村"的概念在无限放大了可知的地理、物理空间边界的同时，却极大地压缩了诗人关于"世界"的心灵图景和想象空间，当代的时间感和空间感不是几何形对称的，而是布满许多细密的沟回与褶皱的，每一道沟回、褶皱都是一个文化上的"地域"，诗人们在其中面对的是许多碎片化的经验和各种冲突性的因素。

从甘肃诗坛的情形来看，作为一个在内陆欠发达省份生活和写作的群体，甘肃诗人们所感受到的现代性的张力所带来的压迫感要更为强烈一些，他们的诗歌想象力所面对的"世界图景"也更为复杂一些。例如在甘肃狭长的版图上纵横分布着多民族的、色彩斑斓的城市——乡村、工业——农业——牧业、现代——前现代等多元的人文和自然景观。相对来说，甘肃诗人更多要处理的是粗线条的，或块状的生活经验，因而他们的诗中矛盾和冲突的元素更多一些，他们的诗歌质地也因此更为厚重一些。

全球化的加速度推进，迫使总是处在生成时态中的当代诗歌的文化结构和意象系统不断发生着变异、更新与升级，变动不居的时间与空间使当代诗人们再也不可能从容地去获得一个陈子昂的幽州台、李白的凤凰楼、张若虚的春江花月夜。但是作为一个汉语诗人，却无时无刻不感受到陈子昂、李白、张若虚这样的古典时空感和生命意识的内在压迫。这样的压迫，迫使当代诗人去为自己寻找那样一个"立足点",那样一种空间感和时间节律。

而具体来说,诗歌作为一种美学,发生于诗人的审美意识中,有它自己的节律,它不可能总是随着外部物质世界的节奏"与时俱进"。当代诗歌的一个突出症结,就是世界的"快"与诗人的"慢"之间形成了严重的冲突,也因此,当代诗的张力大多来自这种冲突导致的紧张感。因此,一个好的诗人,除了具备充分消化外部世界经验的能力之外,更重要的是,是否同时具备了调节"快""慢"的能力,是否在局部与整体、词与物之间找到了自己的节律。

幸运的是,我个人似乎是获得了一个几乎是"天赐"的写作空间,也似乎找到了这样一个"立足点",可以让我按照自己的节律几十年如一日地去体验、书写。

我从20世纪80年代后期开始写作,大学毕业后就分配到甘南藏区的一所高校工作。这是青藏高原东部的一座小城,处在广袤的甘南草原腹地。这里生活单调、节奏缓慢,生活宁静而简朴。三十多年一晃过去了,我至今还生活、工作在这里。而且随着岁月的流逝,我越来越感觉到这片土地对我的重要性。为此,当有人称我的写作为"地域性写作"时,我欣然认领了这一"万金油"一样的标签,同时也再一次校对了自己内心的写作目标,尽管我深知"地域性"并不是我的标的。

我写作的起步阶段,恰逢一个诗歌的井喷时代,我也受益于当代诗歌激烈探索、创新的成果。但是命运让我远离诗歌运动活跃的文化中心,在一片僻静的高原上从事相对孤寂的写作,这既是一个诗人的不幸,也是他的幸运。

我的创作状态,有人称之为隐居式写作,有人称之为"慢"写作,也有人称我的诗歌具有"安静"的品质。我想，不同的人只是看到了我的一个方面，而不是全部。我生活在这个时代，尽管地处偏远，但并没有与这个时代脱节。相反，我所有的作品里都有对这个时代做出的反应，哪怕是温和的、淡淡的。与身处繁华生活中心的诗人们不同的是，生活空间造成的这种与时代的一定距离感，反而使我能够保持足够的冷静，透过万花筒般的现实表象，看到背后更开阔的东西，获得某种整体感、深邃感和某种浑然的生命意识。我自己早年的诗作《小草》《安详》和近年的《在尘世》《河曲马场》等都是这样的作品，是与时代氛围遥相呼应的产物。而甘南草原上厚重的藏文化氛围，使我在那些由于现代性的作用力而行将消失的事物和不可避免地要完全转型的生活方式之中，看到了一种生存的卑微的尊严，感受到一种"存在感"的自在、从容，感悟到一种生命意识的安详，并将它们移植到我的诗歌中。它们也影响到我的诗歌的视点、意象、语言风格等的调节和生成，由此我也相信，在当代诗歌语境中，一种"个体诗学"的理念应当是成立的。

更重要的是，甘南生活使我深信在这一切之上，还有一种可以称之为"神性"的东西，这是非宗教意义之上的一种信念，是存在于万事万物之间的一种微妙关系，是人与万物之间的一种尺度，也是"词"与"物"之间的一种深邃的、无穷无尽的吸引、召唤、探寻和抵达的关系。而我是幸运的，在相对封闭、孤寂、单调的生活环境中，在"慢"而"笨拙"的写作中，感应到了这种"神性"。我所有的写作，都是向着它的靠拢。

当然，我并不因自己偏安一隅的写作空间而孤芳自赏。我深知自己的局限，因而对当代诗坛上处在话语中心或诗歌活跃现场的诗人们充满敬意。我坚持一种朝向"神性"的写作,除了我个人生活和写作环境的原因之外,并不是主张诗人对于物质生活的疏离,而是基于一种这样自觉:当代社会是一个物质符号丰盈而过剩的时代,诗人们应防止由于过度聚焦于"生活"多彩的纹理,而被细节淹没,变成对物质符号的"把玩",并由此失去对时代的整体感的把握。

归根结底,朝向"神性"的写作,是一种对宇宙万物、对我们的时代、对当下生活保持着足够敬畏之心的写作,也是一种基于"人类命运共同体"理念的写作。

2019 年 10 月于甘南